心灵悦读

张玉蕾／主编

Awaken the Dream in Your Heart

震撼心灵的英雄故事

江苏凤凰美术出版社

图书在版编目（CIP）数据

震撼心灵的英雄故事 / 张玉蕾主编 . -- 南京 : 江苏凤凰美术出版社 , 2018.8（2021.1 重印）
（心灵悦读）
ISBN 978-7-5580-3431-2

Ⅰ . ①震… Ⅱ . ①张… Ⅲ . ①故事—作品集—世界
Ⅳ . ① I14

中国版本图书馆 CIP 数据核字 (2017) 第 285341 号

责任编辑 李秋瑶
封面设计 宋双成
版式设计 文贤阁
责任监印 唐　虎

丛 书 名 心灵悦读
书　　名 震撼心灵的英雄故事
主　　编 张玉蕾
出版发行 江苏凤凰美术出版社（南京市湖南路 1 号　邮编：210009）
出版社网址 http://www.jsmscbs.com.cn
印　　刷 三河市嘉科万达彩色印刷有限公司
开　　本 710mm × 1000mm　1/16
印　　张 14
版　　次 2018 年 8 月第 1 版　2021 年 1 月第 2 次印刷
标准书号 ISBN 978-7-5580-3431-2
定　　价 29.00 元

营销部电话 025-68155675

前言 / PREFACE

在清闲午后或落日黄昏，抚一本充满阳光气味的书，满载情感的文字撞击着我们的心灵：亲情故事让我们感悟、分享亲情，它是滋养我们心灵的情感雨露；感恩故事让我们懂得什么是爱，它调出我们生活的好心态；智慧故事是我们最珍贵的礼物，它用灵动的思维让一个手无寸铁的人战胜巨大的困难；名人故事让我们欣赏名人的成功之处，借鉴名人的智慧……

一本好书可以影响一个人的一生；一本有价值、有思想的书，能够使我们成长，给我们感悟，让我们从一个起点到达另一个更高的新的起点。中学时代正是增长知识、开拓眼界的时期，更应该用现有的智慧、用书来充实自己，在心与心的对话、情与情的交融、理与理的辩证中，认识社会，感悟生活，美化人生，绽放生命的光彩！为此，我们精心编写了这套《心灵悦读》，针对心态、淡泊、宽容、尊重、爱、友谊、善良等重大人生课题，用启迪思想的哲理和触动情感的文字，启迪青少年朋友的心灵，让他们拓展视野，增长知识，理解学习和生活的意义，在积极主动的思维和情感活动中受到熏陶，更加热爱生活，让生命更精彩！

启迪心智灵感，点拨智慧人生。快乐心灵的故事犹如灿烂的阳光，可以温暖青少年朋友成长的岁月；温馨快乐的言语犹如汩汩清泉，可以滋养青少年朋友的心田；字里行间闪现的智慧之光，可以为青少年朋友指明前进的方向。

我们诚挚地期望，本书能够陪同青少年朋友快乐成长，洗涤心灵，提升人生品位，打造成功的健康人生、理想的阳光人生。

囿于编者水平，加之时间仓促，难免有挂一漏万之憾，敬请读者朋友们指正，在此我们深表谢意！

目录

CONTENTS

第一章　中国英雄人物

勾践卧薪尝胆 / 2

孙膑身残志坚 / 4

项羽破釜沉舟 / 8

韩信背水一战 / 10

李广巧退敌 / 14

卫青七征匈奴 / 17

马援马革裹尸 / 20

班超勇闯“虎穴” / 22

红拂夜奔 / 25

郭子仪单骑退敌 / 27

杨业壮烈殉国 / 29

狄青战无不胜 / 31

宗泽忧呼“过河” / 33

岳飞精忠报国 / 36

韩世忠激战黄天荡 / 38

文天祥从容殉国 / 41

于谦坚守北京 / 45

戚继光抗倭 / 48

郑成功收复台湾 / 51

渥巴锡率部东归 / 54

关天培宁死不退 / 58

邓世昌战死沙场 / 60

孙中山奔走革命 / 63

陆皓东宁死不屈 / 67

邹容反清救国 / 69

陈天华血书表志向 / 71

詹天佑修建京张铁路 / 73

冯玉祥矢志抗战 / 75

佟麟阁血洒卢沟桥 / 78

吉鸿昌抗日救国 / 82

张自忠忠勇为国 / 86

方志敏坚贞不屈 / 88

马本斋英勇抗日 / 93

杨靖宇视死如归 / 95

赵一曼献身革命 / 99
狼牙山五壮士 / 106
王璞英勇就义 / 109
李爱民誓死不屈 / 111
刘胡兰慷慨赴死 / 115
董存瑞舍身炸碉堡 / 121
林森火光荣牺牲 / 123
钱学森一心报国 / 125
韩余娟舍己救人 / 127
赖宁烈火中永生 / 131
神州长留绚丽彩霞 / 133

第二章 外国英雄人物

苏格拉底之死 / 142
亚历山大征服波斯 / 145
罗马之父恺撒 / 149
法国民族英雄圣女贞德 / 152
伽利略坚守真理 / 155
美国开国元勋华盛顿 / 160
拿破仑翻越阿尔卑斯山 / 165
章西女王誓死卫国 / 170
印度尼西亚英雄蒂博尼哥罗 / 176
诺贝尔发明火药 / 181
印度圣雄甘地 / 186
国际主义战士白求恩 / 189
国际主义战士柯棣华 / 192
时代见证者麦克阿瑟 / 195
轮椅上的总统 / 199
艾森豪威尔的事迹 / 202
铁汉丘吉尔 / 204
法国总统戴高乐 / 206
蒙哥马利临危不乱 / 209
密特朗死里逃生 / 211
南非民主斗士曼德拉 / 213
勃兰特下跪华沙 / 217

第一章

中国英雄人物

在中国几千年的历史长河中，涌现了许许多多可歌可泣的英雄人物。他们在属于自己的舞台上演绎了一幕幕传奇。他们的精神穿越历史的隧道，直射入我们的眼中。

勾践卧薪尝胆

人｜物｜介｜绍

勾践，春秋末年越国国君，公元前496—公元前465年在位。他与齐桓公、晋文公、楚庄王、吴王阖闾一起被称为“春秋五霸”。

春秋时期，吴国把越国打败，吴王夫差便趁机要求越王勾践夫妇到吴国为奴，勾践将国事托付给大夫文种，让范蠡随他到吴国。夫差令勾践为其牵马，并令人辱骂他，勾践一副奴才的样子，显得驯服无比。

有一回夫差大病，勾践暗中命范蠡探看，范蠡回来告诉他夫差的病不久即可痊愈。于是勾践以“探问病情”为由亲自去见夫差，并当着众人的面亲口尝了夫差的粪便。之后勾践向夫差道贺，凑近他身旁告诉他：“我曾经跟名医学过医道，只要尝一尝病人的粪便，就能知病的轻重。刚才我尝了大王的粪便，味酸而稍微有些苦头儿，这是得了医生所说的‘时气病’，此症一定能够好转，大王不用担忧。”

没过几日，夫差的病果然好转。夫差被勾践的话语和行动所感动，恻隐之心一起，便把他放回越国去了。

勾践回国后，不近女色，不观歌舞，重用群臣，教养百姓。他靠自己耕种吃饭，靠妻子亲手织布穿衣，不吃山珍海味，不穿绫罗绸缎。他甚至连褥子都不肯用，床上尽是些干柴、干草，并用绳子悬了一个苦胆，天天尝它，以此提醒自己不要忘掉之前所受的凌辱与苦难。他还常常到外地巡视，探望孤寡和老弱病残的人。

诸大夫对他更加爱戴，勾践对他们讲："我预备同吴国开战，望诸位肝胆相照、奋勇争先，我当与吴王颈臂相交，肉搏而死，此乃我一生夙愿。如果不能办到，我将离弃国家，告别群臣，身带佩剑，手举利刀，改变容貌，更换姓名，去做奴仆侍奉吴王，以找机会与吴开战。我知道这会被天下人羞辱，但我决心已定，一定要实现！"

词语百宝箱

恻隐之心　山珍海味
绫罗绸缎　肝胆相照

终于，吴越两国进行了决战。越军勇猛无比，吴军溃败，越军包围了吴王的王宫，并攻下城门，活捉了夫差，杀死其宰相。

灭吴之后，越国势力大大增强，民心欢悦，越王遂称霸于诸侯。

心灵絮语

勾践韬光养晦，发愤图强，终于成就一代霸业。其韧性与忍辱负重的精神值得每一个人学习。

孙膑身残志坚

人|物|介|绍

孙膑，战国时期齐国人，军事家、兵法家，“武成王庙六十四将”之一。他的军事思想详见于其著作《孙膑兵法》中。

战国前期，魏国是最强大的诸侯国。李悝制定了《法经》，提倡“尽地力”，鼓励农民发展生产。经过文侯、武侯，到惠王统治中期，大约一百年，魏国一直保持着强大的实力。惠王把国都从山西南部的安邑迁到了河南的大梁（今开封西北），从此魏国又叫梁国。惠王任用庞涓为将军，攻打宋、卫等小国，连连获胜，国势更加强盛。庞涓也俨然成为当时的风云人物。

庞涓有个同学，名叫孙膑。庞涓虽然深谙兵法，但不及孙膑。孙膑是春秋时有名的军事家孙武的后代。孙家的兵法传到孙膑，不但没有疏漏，反而更加系统周密了。后来孙膑把《孙子兵法》和《吴起兵法》的精华与战国中期的作战经验熔铸于一炉，写下了自己的军事著作《孙膑兵法》。

词语百宝箱

俨然　深谙
疏漏　劲敌

庞涓为人骄傲又心胸狭窄，他怕孙膑被齐国任用，势必会成为魏国的劲敌。他想来想去，决定把孙膑“请”到魏国。

孙膑到了魏国，庞涓却在惠王面前诬告孙膑，说他心念故土，暗中与齐国勾结。魏王听信谗言，按照魏国法度，把孙膑双腿的膝盖骨剔去，并在孙膑的脸上刺上字，涂上墨。直到这时，孙膑方才如梦初醒。

孙膑身体残疾之后，庞涓认为后患已除，对他不再防范。碰巧有一次齐国使者到了大梁，孙膑暗中找到了齐使，把事情的原委一股脑儿告诉了齐使。齐使就把孙膑藏在车子里，暗中送回了齐国。

齐国将军田忌十分器重孙膑，让他住在自己的家里，并尊他为上客。田忌与齐威王喜欢赛马赌输赢，但每次比赛田忌都输给齐王。有一次，孙膑去看赛马，看后私下对田忌说："您再和齐王比一次，我能叫您稳操胜券。"田忌知道孙膑既出此言，一定有什么妙计，就与齐王约好再次赛马，每场赌注高达千金。比赛那天，赛场热闹非凡。田忌对孙膑说："您有什么办法叫我稳操胜券呢？千金赌注，可不能当儿戏啊！"孙膑回答说："您用下等马与齐王的上等马比，用上等马与齐王的中等马比，用中等马与齐王的下等马比就可以了。"田忌按照他说的办了。结果，第一场输了，第二、三场都赢了。一负两胜，田忌赢得了比赛。从此，田忌更加欣赏孙膑，并把他推荐给齐王。

公元前354年，庞涓率领魏军包围了赵国的都城邯郸，赵成侯向齐威王求救。齐王决定派军去救邯郸，遂任命田忌为大将军，孙膑为军师，叫孙膑坐在一辆有篷子的车子里，给田忌运筹谋划。

词语百宝箱

谗言　如梦初醒

稳操胜券　不以为然

邯郸在魏军的围攻下，情况非常危急。田忌认为应当兵赴邯郸，孙膑却不以为然，他说："要想解开一团乱丝，只能用手指慢慢去理，不能握紧拳头去捶打。要劝解两个人打架，只能从旁劝说，不能自己插身进去帮着打。解围的道理也是这样，只能避实就虚，击其要害，敌人看到形势不利，自然就会退走。现在魏国的精锐部队正在围攻邯郸，国内空虚。不如统率大军直接攻打大梁，占据它的交通要道，袭击魏军守备薄弱的地方。邯郸城下的魏军势必赶回来自救。这样，既可以解救邯郸的围困，又可以使魏军疲于奔命，然后选择有利时机来消灭他们，这不是一举两得吗？”田忌听了，觉得很有道理，就依计行事。果然，庞涓虽然攻下了邯郸，但是不得不急速退军。魏军疲劳不堪，退到桂陵（今山东菏泽东北）时，遇上了齐军，双方就在桂陵激战起来。由于齐军以逸待劳，魏军被打得一败涂地，庞涓不得不收拾残兵，逃回大梁。

词语百宝箱

疲于奔命　一举两得
疲劳不堪　以逸待劳

不知不觉过了十二年，庞涓又率领魏军去攻打韩国。韩哀侯向齐国求救。齐威王召集大臣，问：“救援韩国，我们是早发兵好呢，还是晚发兵好？”相国邹忌答道：“魏、韩火并，双方损伤实力对我们都有利。依我看，不发兵最好。”将军田忌反驳道：“我们不发救兵，韩国势弱，很可能被魏国攻占。那时，祸水势必东流到齐国。依我看，我们还是早发兵好。”

双方争执不下，孙膑说了一番话，众皆叹服。他说：“魏国自恃其强，大有兼并之势。如果韩国被灭，魏国必定向东侵齐，所以不发救兵不妥当。但是魏军现在刚刚开始进攻韩国，韩军还没有被削弱，我们去救助，等于我们代韩出兵。我们先答应派兵去帮助他们，以此安稳韩国的军心，韩军知道我们将要出兵相救，必定拼死抵抗魏军，魏军实力一定会被大大消耗。我们等他们两败俱伤之时，再发兵救韩，那样用力少而见功多，这才是上策。”齐王听了孙膑的计策，称赞不已，于是答应了韩国的请求。

等到韩军五战五败，齐国认为时机已经成熟，方才发兵直接向魏都挺进，庞涓闻讯，只得率领军队回师迎战。

孙膑得到情报，就对田忌说：“韩、赵、魏的军队一向强悍勇敢，轻视齐兵。善于作战的将领要利用这一点因势利导。兵书上说过，赶到一百里外去打仗，就有损失上将的危险；赶到五十里外去打仗，路上士兵就可能逃亡一成。我们现在远征魏国，最好伪装成势单力薄的模样，滋长他们的轻敌情绪，引诱魏军冒险深入，然后选择有利的时机歼灭他们。”

于是，孙膑命令齐军当天造了十万个行军灶。行军第二天，减为五万个，第三天减到三万个。庞涓经过齐军扎过营寨的地方，点了灶数，不觉喜上眉梢，兴奋地对部下说：“我早就知道齐军素来胆怯，果然不错，才入魏境三天，就有一半士兵逃亡了，这样的军队还敢打仗吗？”于是，他立刻丢下步兵，自己带领轻骑部队日夜兼程，追赶齐军。

孙膑时刻派人探听庞涓的消息，屈指计程，算出魏军到达马陵（今河南范县西南）时，天色一定很晚。马陵道路很狭窄，两旁多峻山峭壁，形势险要，容易埋伏军队。孙膑命令士兵把路旁一棵大树的树皮削去，露出木质的部分，在上面写了八个大字：“庞涓死于此树之下。”同时又命令一万名善射的弓箭手，埋伏在道路两旁，互相约定：“晚上一看到火光，就一齐放箭。”

这天晚上，庞涓果然来到树下，抬头看到树上削白的地方，隐隐有几个字，天黑难辨，他转身命令小兵点火照看。士兵刚刚点起火把，庞涓还来不及看完那八个字，埋伏的齐兵看见路上有火光，顿时万箭齐发。

魏军猝不及防，一下子溃不成军。庞涓身负重伤，自知已经到了穷途末路，悔恨交加地哀叹：“我恨当初没有打死孙膑，反倒叫这小子成了名！”说完，拔剑自刎而死。齐军趁势把魏军杀得落花流水，魏太子也成了俘虏。

马陵之战后，孙膑名扬天下，齐国也由此声威大震，出现了“诸侯东面朝齐”的局面。

心灵絮语

孙膑被庞涓陷害受了膑刑，但他并未自暴自弃，并最终打败庞涓为自己报了仇。孙膑这种身残志坚的精神备受后世称赞。

项羽破釜沉舟

人物介绍

项羽，名籍，秦末下相（今江苏宿迁）人，杰出的军事家、政治家。项羽早年参加反秦起义，秦亡后称西楚霸王，与汉王刘邦展开耗时四年的楚汉战争，后兵败垓下，自刎于乌江。

秦朝末年，天下纷乱，军阀们为了各自的利益相互混战。其中，项羽破釜沉舟的巨鹿大战至今仍然被人们传诵。

当时，赵王歇被秦军围困在巨鹿（今河北平乡西南），请求楚怀王救援。秦军强大，几乎没人敢前去迎战。项羽为报秦军杀父之仇主动请缨，楚怀王封项羽为上将军。

词语百宝箱

破釜沉舟　请缨

项羽先派当阳君、蒲将军做先锋，让他们率领两万人马渡河切断秦军运粮通道，然后，项羽率领主力渡河。渡过了河，项羽命令将士每人带三天的干粮，把军队里做饭的锅碗全砸了，把渡河的船只全部凿沉，连营帐也烧了，对将士们说：“咱们这次打仗，有进无退，三天之内，一定要把秦军打退。”

项羽破釜沉舟的决心和勇气对将士们起到了很大的鼓舞作用。楚军把秦军的军队包围起来，将士们个个士气振奋，越打越勇。经过九次激烈战斗，楚军活捉了秦军首领王离，其他的秦军将士有被杀的，也有逃走的，围困巨鹿的秦军就这样瓦解了。

心灵絮语

“破釜沉舟”体现了项羽骁勇善战的一面。项羽深谙如何激励士兵同仇敌忾，并激发他们誓死一拼的决心、信心和勇气，是一个优秀的领导者。

韩信背水一战

人|物|介|绍

韩信，秦末汉初淮阴（今江苏淮阴）人，杰出的军事家，和萧何、张良并称为“汉初三杰”。韩信起初为项羽幕僚，后投奔刘邦，成为西汉开国元勋。

公元前204年秋天的一个深夜，离河北井陉口几十里的山洼子里驻进了韩信的几万人马，他们是经过三天三夜急行军才赶到这里的。

趁将士们小憩之际，韩信把副将张耳叫到身边，一起商量破赵之计。

这次行动，是韩信向刘邦提出的战略计划，北伐代、赵和燕国，向东击田齐，南下截断楚军的粮草供应，迂回包抄项羽。

刘邦十分赞同这个计划，并派张耳随韩信一起出征。张耳原来做过赵国的丞相，又做过十八王中的常山王，一直住在赵地，对那一带的地形相当了解。临出发前，刘邦再三叮嘱韩信，遇事多听听张耳的意见，韩信表面上答应，心里却在想：“那得看什么事了。”他知道，张耳是个循规蹈矩、不敢越雷池一步的平庸之辈。

韩信的人马势如破竹，一举打败了代国，又向赵国进发，把部队开进了赵国的腹地。赵国早就得到了韩信奔袭的情报，可赵王却不把韩信当一回事。

赵国有个善于用兵的将军叫李左车，他认为韩信奔袭赵国，井陉口是必经之地，那里道路相当狭窄，车马不能并行，连装粮草的车也很难进来。等到韩信一钻进那只“口袋”，他只需带三万人马，从小路包抄过去，来个两头夹击，就能置韩信于死地。

赵王听了哈哈大笑，指着李左车道：“你呀你呀，怎么忘了兵书上说的‘十则围之，倍则战之’的古训呢？对付韩信这点儿微不足道的兵力，怕什么！要知道，我们有二十万大军啊！”

赵王根本不愿采纳李左车的建议，李左车心灰意冷，再也不说什么了。

这个消息很快被韩信派去的探子得知，韩信听了，心花怒放。但他又不禁暗暗佩服那个从未见过面的李左车将军，想着将来倘若有机会，一定得朝他连拜三下，尊他为师。

机不可失，时不再来。韩信迅速整顿好队伍，马不停蹄地赶到了井陉口。

刚驻扎下来，张耳已把这一带的地形细细察看了一番，他发现井陉口没有水源，万一被赵军围住，是坚持不了几天的。他向韩信建议，最好选个背靠山陵、前临水泽的地方安营扎寨。

韩信弦外有音地说：“张耳将军，将士们日夜兼行，够累的了，既然驻扎下来，就别麻烦了。”

张耳还在坚持：“韩将军，我对这一带了如指掌，不怕一万，只怕万一，万一我们被……”

词语百宝箱

循规蹈矩　势如破竹
微不足道　心灰意冷
心花怒放　弦外有音
了如指掌

正说着，几位副将走进大帐里，一致要求另换地方驻扎。被韩信一口回绝了。

其中一位将军动情地说：“韩大将军，难道你忘了当年的流浪生活，忘了你在河边讨饭的日子？”

韩信听了，一肚子不高兴，瞪了那将军一眼，那位将军却不知趣，继续说道："倘若我们被赵国打败，全军覆灭，国破家亡……"

"别说了！"韩信勃然大怒，"都什么时候了，还在这里啰唆，还不给我退下！"

几位将军只好讷讷而退。

当天夜里，韩信又挑选了两千名轻骑，命他们每人带上一面小红旗，穿过山间小道，绕到赵军背后，埋伏在山沟里等待命令。

张耳百思不得其解，但也不敢多问。

三更天时，骑兵们要动身了，韩信吩咐道："天亮之前，赵军必定会向我们进攻，等他们一离开军营，你们立即冲进去，拔掉他们的旗帜，换上手中的小红旗。"

他转身对张耳说道："快给他们分发干粮，待明日打败赵军，一定让全军将士举行一次丰盛的会餐。"张耳摇头苦笑，想："唉，敌众我寡，是吉是凶，是生是死，还不知道呢！"

韩信看见他那副模样，在他的手心里捏了一下，意思是叫他沉住气，可张耳那颗悬着的心怎么也落不下来。

两千名骑兵出发不久，韩信又派出一万人马，让他们奔到井陉口附近的绵蔓河以东，绵蔓河水深流急，韩信叫他们紧靠河旁，背水为阵。

这阵势很快传到赵王那里，赵王笑歪了嘴，得意扬扬地说："韩信呀韩信，你连这都不懂，还带什么兵，打什么仗哟！"

因为背水立阵等于切断了自己的后路，只能前进，不能后退，这正是兵法的大忌。立在一旁的李左车却捻着胡须，默不作声。他想："韩信非等闲之辈，难道这样的常识都不懂吗？这其中定有问题。"其实，这正是韩信的计策。

天才刚亮，韩信便下令向赵国发动进攻，隆隆的战鼓声把大山惊醒了，震耳欲聋的喊杀声把满山的鸟儿惊得四处飞散。赵国的大将陈余等待已久，见韩信的主力冲杀出来，立即指挥赵军迎战。他们依仗人多势众，兵强马壮，发动了一次又一次猛攻，而每一次都比上一次来势凶猛，犹如排山倒海，把韩信压得抬不起头来。韩信实在招架不住，败下阵来；阵地上扔满了韩信部队丢下的战马、盔甲。骑在一匹黑马上的陈余高喊道："将士们，冲呀！活捉韩信，论功行赏！"

赵军铺天盖地地向韩信的败兵猛追而去。

韩信无心恋战，带着人马一直朝后退，退到绵蔓河边，便无处可退了。

河面上白浪滔天，没有一只渡船，看不见一只水鸟，韩信纵身跃上一块矶石，大叫道："将士们，如果我们杀不出一条生路，就会被河水淹死，反正是死，倒不如拼上去，以死求生！"

词语百宝箱

勃然大怒　啰唆
得意扬扬　默不作声
震耳欲聋　人多势众
铺天盖地

将士们只感到一股热血涌遍了全身，回转头来，呐喊着冲入敌阵。

一人拼命，十人难挡，更何况万人拼命呢！将士们在韩信的鼓动下，挥刀舞剑，杀得赵军血肉横飞、抱头鼠窜。不一会儿，赵军便顶不住了，正想撤回军营，回头一看，自己的营垒上竟然插着无数面汉军的旗帜，那些旗帜在阳光下发出耀眼的光彩。赵军的将士们以为自己的阵地已经陷落，一下子乱了阵脚，成千上万的人像无头苍蝇一般到处乱窜。

站在山头上的张耳挥着指挥旗，命令将士们两面夹击。将士们勇气倍增，争先恐后，奋勇杀敌，一鼓作气把赵军杀得落花流水。

心灵絮语

《孙子兵法》中说："陷之死地然后生。"作为一名优秀的军事家，韩信显然熟谙兵法，懂得灵活用兵。韩信为后世留下了许多战术典故，如拔帜易帜、四面楚歌、十面埋伏等，广为后世推崇。

李广巧退敌

人物介绍

李广，西汉名将。他曾多次与匈奴交战，为匈奴所畏服，并被匈奴称为“飞将军”。公元前 119 年漠北之战中，李广任前将军，因迷失道路，未能参战，愤愧自杀。

汉武帝在位时，国家还很富强，但汉武帝老是闷闷不乐，因为他有块心病至今还没解决，那就是北方的匈奴不断来骚扰，使得中原的百姓过不上安稳的日子。

汉武帝只好年年向匈奴进贡，表面上跟他们拉好关系，暗地里却在积极准备用武力征服匈奴。公元前 133 年，汉武帝派大将军李广等人，率领三十万大军，埋伏在马邑（今山西朔县）的大山中。然后派人假装向匈奴投降，以请他们出来察看进贡的牛羊为借口，把匈奴的十万骑兵引了出来，但很快被匈奴看出了破绽，匈奴骑兵半途退了回去。匈奴一气之下，和汉朝断绝了关系，紧接着，大规模的战争爆发了。

李广是汉朝的一员大将，他家世世代代擅长射箭，李广也以射箭而出名。有一次，李广带着一百多名骑兵去追赶三个匈奴士兵，李广飞起两箭，即射死两个，另一个被他活捉了。正准备往回撤时，突然，在山背后转出几千个匈奴骑兵。跟随李广的骑兵个个吓得脸色发灰，李广却镇定自若，叮嘱大家："别慌张，沉住气！"

一个骑兵正要策马逃跑，李广上前扯住他的马缰，小声说道："不能跑，你要一跑，匈奴骑兵就会猛追过来，一阵乱箭把我们全部射死。倘若我们不急不慌，说不定他们还以为我们是汉朝大军派来诱降的。那样，他们就不敢轻易地杀我们了。"那个骑兵想了想，很快镇定下来。李广坦然地补了一句："怕什么呢！我们的大部队离此不过几十里。"

一颗颗悬在喉咙口的心这才落了下来，有的骑兵干脆跳下马，席地而坐，哼着小曲儿，任战马在一边吃草、游荡。

词语百宝箱

闷闷不乐　擅长
叮嘱　席地而坐

匈奴的骑兵这下倒愣住了，站了一会儿，又慢慢朝他们靠拢过来。李广手下的一位骑兵吓得鼻尖上沁出了点点汗珠，低声问李广："怎么办？他们就要冲过来了，快上马吧！"

李广白了他一眼："看把你吓的，怕什么！"他抬手将自己的马鞍卸了下来，往地上一扔，把身子往马鞍上一靠，眯起眼，打起盹儿来。

匈奴兵看见李广这副样子，起了疑心，他们不禁想起上回在马邑险些遭汉军埋伏的情景，个个畏畏缩缩，不敢上前。有个骑白马的匈奴士兵有胆量，他不相信这几个汉军有多大力量，再说，他的背后有好几千人呢！他将两腿一夹，白马长嘶一声，朝李广飞奔而来。李广心里咯噔一下，糟了，这家伙真的冲上来了！冷静，要冷静！他仍然装着睡觉的样子，等到骑白马的匈奴士兵离他只有几丈远时，陡然射出一箭，那个匈奴士兵连叫都来不及叫一声，往后一仰，再也没站起来。

这时，已是黄昏，那些匈奴骑兵真以为汉军就埋伏在附近，再也不敢停留，悄悄地退走了。草地上孤零零地躺着那具尸体和白马。

李广会心一笑，大家不约而同地吁了口气："好险啊！"李广摸摸后背，衣服早就湿透了。

词语百宝箱

不约而同
绘声绘色

后来，将士们绘声绘色地说起李广沉着勇敢退匈奴的事，就连皇上也很敬佩，从此，对他更加器重了，边陲上哪儿吃紧，就派李广去。他到了哪里，哪里的匈奴兵就望风而逃，都说："飞将军来了！飞将军来了！"

"飞将军"成了李广的另一个名字。

心灵絮语

"但使龙城飞将在，不教胡马度阴山。"中"飞将"就是飞将军李广，从这句诗中可见唐人对李广的评价之高，也可见飞将军的功绩之高。不过李广终其一生未能封侯，不得不说是一件憾事。

卫青七征匈奴

人|物|介|绍

卫青，西汉时期河东平阳（今山西临汾）人，是著名的军事家，与孙武、吴起、白起、韩信、廉颇、李牧、霍去病齐名，有“孙吴白韩，颇牧卫霍”之说。

公元前129年，匈奴兴兵南下，前锋直指上谷（今河北怀来）。汉武帝果断地任命卫青为车骑将军，迎击匈奴。从此，卫青开始了他的戎马生涯。

这次用兵，汉武帝分派四路出击。车骑将军卫青直出上谷，骑郎将军公孙敖从代郡（指代县，今山西大同、河北蔚县一带）出兵，轻车将军公孙贺从云中（今内蒙古托克托东北）出兵，骁骑将军李广从雁门关出兵。四路将领各率一万骑兵。卫青首次出征，但他英勇善战，直捣龙城（匈奴祭扫天地祖先的地方），斩首七百人，取得胜利。另外三路，两路失败，一路无功而返。汉武帝看到只有卫青凯旋，非常赏识他，加封他为关内侯。

汉朝对匈奴的反击使得匈奴的进犯更加猖狂了。公元前128年的秋天，匈奴骑兵大举南下，先攻破辽西，杀死了辽西太守，又打败渔阳守将韩安国，劫掠百姓两千多人。汉武帝派匈奴人敬畏的飞将军李广镇守右北平（今辽宁凌源西南），匈奴兵却避开李广，从雁门关入塞，进攻汉朝北部边郡。汉武帝又派卫青出征，并派李息从代郡出兵，从背后袭击匈奴。卫青率三万骑兵，长驱而进，赶往前线。卫青身先士卒，将士们更是奋勇争先。斩杀、俘获敌人数千名，匈奴大败而逃。

公元前 127 年，匈奴贵族集结大量兵力，进攻上谷、渔阳。汉武帝决定避实击虚，派卫青率大军进攻久为匈奴盘踞的河南地（今黄河河套地区）。这是西汉对匈奴的第一次大战役。

卫青率领四万大军从云中出发，采用“迂回侧击”的战术，从西绕到匈奴军的后方，迅速攻占高阙（今内蒙古杭锦后旗），切断了驻守河南地的匈奴白羊王、楼烦王同单于王庭的联系。然后率精骑兵南下，进到陇县西，形成了对白羊王、楼烦王的包围之势。匈奴白羊王、楼烦王见势不好，仓皇率兵逃走。汉军活捉敌兵数千人，夺取牲畜一百多万头，完全控制了河套地区。因这一带水草肥美，形势险要，汉武帝在此修筑朔方城（今内蒙古杭锦旗西北），设置朔方郡、五原郡，从内地迁徙十万人到那里定居，还修复了秦时蒙恬所筑的边塞和沿河的防御工事。这样，不但解除了匈奴骑兵对长安的直接威胁，也建立起了进一步反击匈奴的前方基地。卫青立下大功，被封为长平侯，食邑三千八百户。

匈奴贵族不甘心在河南地的失败，一心想把朔方重新夺回去，所以在几年内多次出兵，但都被汉军挡了回去。公元前 124 年春，汉武帝命卫青率三万骑兵从高阙出发；苏建、李沮、公孙贺、李蔡都受卫青的节制，率兵从朔方出发；李息、张次公率兵从右北平出发。这次总兵力有十几万人。匈奴右贤王认为汉军离得很远，一时不可能来到，就放松了警惕。卫青率大军急行军六七百里，趁着黑夜包围了右贤王的营帐。这时，右贤王正在帐中拥着美妾，畅饮美酒，已有八九分醉意了。忽听帐外杀声震天，火光遍野，右贤王惊慌失措，忙把美妾抱上马，带了几百壮骑，突出重围，向北逃去。汉军轻骑校尉郭成等领兵追赶数百里没有追上，但俘虏了匈奴小王十余人，男女一万五千余人，牲畜几百万头。汉军大获全胜，高奏凯歌，收兵回朝。

汉武帝接到战报，喜出望外，派特使捧着印信，到军中拜卫青为大将军，加封食邑八千七百户，所有将领归他指挥。卫青的三个儿子都还在襁褓之中，也被汉武帝封为列侯。卫青非常谦虚，坚决推辞说："微臣有幸待罪军中，仰仗陛下的神灵，使得我军获得胜利，这全是将士们拼死奋战的功劳。陛下已加封了我的食邑，我的儿子年纪尚幼，毫无功劳，陛下却分割土地，封他们为侯，这样是不能鼓励将士奋勇作战的。他们三人怎敢接受封赏？"汉武帝随后又封赏了随从卫青作战的公孙敖、韩说、公孙贺、李蔡、李朔、赵不虞、李沮、李息、豆如意等。

卫青率军与匈奴作战，屡立战功，所得封邑共一万六千三百户。虽然战功显赫，权倾朝野，但他从不结党干预政事。

词语百宝箱

避实击虚　仓皇
惊慌失措　显赫

卫青从公元前129年到公元前119年十年间，七次率领大军征伐匈奴，每战必胜，终于把匈奴的势力逐出大漠地区，解除了持续几百年的北方边患问题，为国家的繁荣和稳定做出了巨大贡献。

公元前106年，卫青去世，汉武帝命人在自己的茂陵东边特地为他修建了一座像庐山（匈奴境内的一座山）的坟墓，以象征卫青一生的赫赫战功。

心灵絮语

卫青一生征伐匈奴，其功绩之高可称当时之冠，不过他更为人称道的是从不居功自傲和全心全意为国为民的精神。

马援马革裹尸

人物介绍

马援，扶风茂陵（今陕西杨凌西北）人，战国时期赵国名将赵奢的后裔。马援起初为汉末军阀隗嚣的部下，后归顺光武帝刘秀，为东汉政权的建立和巩固，南征北战，功勋卓著，深受光武帝的赏识。

马援英勇善战，为东汉王朝的建立立下汗马功劳。后来，他又率兵平定了边境的动乱，威震南方，于41年被光武帝封为伏波将军。

有一年，马援从西南方打了胜仗回到京城洛阳，亲友们都高兴地向他表示祝贺和慰问。其中有个名叫孟翼的，平时以善计谋出名，也向马援说了几句恭维的话。不料马援听了，皱着眉头对他说："我盼望先生能说些指教我的话，为什么先生也随波逐流，一味地对我说夸奖的话呢？"

孟翼听了窘迫不已，一时不知如何应答才好。马援见他不说话，继续说道："武帝时的伏波将军路博德，开拓了七个郡的土地，而他得到的封地只有数百户。我的功劳比路将军小多了，却也被封为伏波将军，封地多达三千户。赏过于功，我怎么才能长久保持下去呢？先生为什么不在这方面指教指教我呢？"

马援见他还是不说话，便继续说下去："如今，匈奴和乌桓还在北方不断侵扰，我打算向朝廷请战，当个先锋，做一个有志的男儿。男儿应该战死在边疆荒野的战场上，不用棺材殓尸，只用马的皮革裹着尸体回来埋葬，怎么能躺在床上，死在儿女的身边呢？"

孟翼听了，深为马援豪迈的报国热情所感动，不禁真诚地对他说道："将军真不愧是大丈夫啊！"

马援是个说出便能做到的大丈夫。在洛阳仅待了一个多月，匈奴和乌桓又发起侵袭，他主动请求出征，前往北方迎战。

六十二岁那年，马援又主动请求出征武陵。原来，那时武陵的少数民族首领发动叛乱，光武帝派兵去征讨，结果全军覆没，急需再有人率军前往。光武帝考虑马援年纪大了，不放心他出征。马援见久久没有收到回复，便直接去找光武帝，说："我还能披甲骑马，请皇上让我带兵去吧！"说罢，当场向光武帝表演了骑术。光武帝见他精神矍铄，雄风不减当年，便批准了他的请求。

词语百宝箱

汗马功劳　随波逐流　窘迫
豪迈　全军覆没　念念不忘

第二年，马援因长期辛劳，患了重病，在军中去世。

他死后，人们还是念念不忘他的那句"男儿当死于沙场，以马革裹尸还葬"的豪言壮语。之后，"马革裹尸"作为一个成语，出现在了后世的词典中。

心灵絮语

马援一生为国征战，在国家需要的时候，尽自己最大的力量为国家做贡献，最后实现了他"马革裹尸"的豪言。

班超勇闯“虎穴”

人 | 物 | 介 | 绍

班超，扶风平陵（今陕西咸阳东北）人，东汉著名将领、外交家，与父亲班彪、哥哥班固合称为“三班”。班超出使西域三十余年，因屡立战功而被汉和帝封为定远侯，青史流芳。

东汉年间，班超帮助哥哥班固一起撰写《汉书》，但他认为一个男子汉的抱负不应只在纸笔上，于是弃文从武，参加了抵御匈奴的战斗。他坚毅、果敢的性格使他在战场上屡建功勋。

后来，东汉王朝为了联合西域各国共同抵御匈奴的侵扰，就派遣班超作为使节出使西域。班超手持汉朝的节杖，带领着由三十六人组成的使团出发了。他们首先来到了鄯善国。班超觐见了鄯善国王，说：“尊敬的国王陛下，我们汉朝的皇帝派我来，是希望联合贵国共同对付匈奴。我们都吃过很多匈奴入侵的苦，应该携起手来，同仇敌忾，匈奴才不敢再猖狂肆虐呀！”鄯善国王早就知道汉朝乃泱泱大国，国力强盛，人口众多，不容小视，现在又见汉朝的使者庄重威武，颇有大国之风，果然名不虚传，就连连点头称是，说：“说得太对了，请您先在鄯国住几天，联合抵抗匈奴之事，容过两天再具体商议吧。”于是班超他们就住下了。头几天，鄯善国王待他们还挺热情，可是没过多久，班超便察觉到国王对他们越来越冷淡，不但常找借口避开他们，就算好不容易见上了，也绝口不提联合抗击匈奴之事。班超有种不祥的预感，他召集使团的人分析说：“鄯善国王对我们的态度越来越不友好了，我估计是匈奴也派了人来游说他，我们必须去探察一番，搞清事情的真相。”夜里，班超派人潜进王宫，果然发现国王正陪着匈奴的使者喝酒谈笑，看样子很是投机，探子就马上回来将这个消息报告给了班超。

> **词语百宝箱**
>
> 同仇敌忾　泱泱大国
>
> 名不虚传　绝口不提

接下来的几天，班超又设法从接待他们的人那里打听到，匈奴不但派来了使节，而且还带了一百多个全副武装的随从和护卫。他立刻意识到事态已经发展到了很严重的地步，就马上召集使团研究对策。班超对大家说：“匈奴果然已经派来了使者，说动了鄯善国王，现在我们已处于极度的危险之中，如果再不采取有效措施，等鄯善国王被说服，我们就会成为他和匈奴结盟的牺牲品。到时候，我们自身难保是小事，国家交给的使命也就完不成了。大家说该怎么办？”大家齐声应道：“我们服从您的命令！”班超猛击了一下桌子，果断地说：“不入虎穴，焉得虎子！现在我们只有下决心消灭匈奴，才能完成我们的使命！”当夜，班超就带人冲进了匈奴使团所住的营垒，趁他们没有防备，把一百多个匈奴人全部消灭了。第二天，班超提着匈奴使者的头去见鄯善国王，当面指责他的善变，说：“您太不像话了，既答应和我们结盟，又背地里和匈奴接触。现在匈奴使者已全被我们杀死了，您自己看着办吧。”鄯善国王既吃惊又害怕，只好和汉朝签订了同盟协议。

班超的举动震动了西域，其他国家也纷纷和汉朝结为同盟，很多小国也表示和汉朝永结友好。班超终于圆满地完成了使命。

心灵絮语

班超胸怀大志，投笔从戎，致力于边疆事业，为维护国家安全，加强汉朝与西域各族的联系做出了卓越贡献。他不畏危险、坚决果断的作风值得每一个人学习。

红拂夜奔

人物介绍

红拂，名张初尘，隋唐时期著名女侠，因手执红色拂尘而得名，与虬髯客、李靖合称为“风尘三侠”。

隋朝末年，宗室大臣、楚国公杨素镇守西京长安，李靖以平民身份去见他。杨素边看歌舞，边喝酒，十分无礼地叉开双腿，坐在床上，接见李靖。李靖是一个寒士，却有着修长的身材、清秀的面貌，举止潇洒，谈吐不凡，很有才学。当时，在杨素身边的一群歌伎中，有个手执红拂的美丽女子，眼睛不停地看着李靖。

李靖刚告辞出门，那位女子就走到长廊，对一个小吏说：“你去问问刚才过去的那位先生的姓名，他此时前往何处，住在哪里。”

小吏追上去询问李靖，然后告诉了红拂女，红拂女默诵了几遍，才回到杨素的身边。

李靖回到驿馆，睡到次日五更时，忽然听到有叩门声和低声呼唤的声音。李靖开门一看，一个穿紫衣、戴纱帽的人背着一个行囊，站在门前。李靖问是谁，那人低声回答：“我是杨素家的红拂女。”

李靖吃了一惊，但还是请她进屋来。红拂女大方地向李靖行了礼。李靖回了礼，就问她的来意。

红拂女说：“我侍奉杨素已有几年了，天下的人才也见得多了，但还没有一个人能比得上先生您，所以，我特来投奔您。”

李靖一向以豪放不羁自许，但乍闻红拂女的这番话，还是有些震惊，他忙问：“那杨素知道了怎么办？”红拂女坦然地说：“杨素只是个比死人多口气的老朽，何足为惧？歌伎中有眼光的人都知道杨素成不了气候，已有好几个偷偷跑掉了。跑多了，杨素也就不那么用心追寻了。这些天我已前后考虑过了，我认为先生是个干大事的英雄，所以来投奔您。我一介女流尚且敢冒死逃亡，难道大英雄行事还要瞻前顾后吗？”

词语百宝箱

举止潇洒　谈吐不凡
投奔　豪放不羁
坦然　瞻前顾后

李靖被她的一席话激起了胸中的万丈豪气，畏惧心理一扫而空。再细细一看红拂女，容颜秀丽，仪态端庄，真如天仙一般，爱怜之心油然而起。于是，李靖就把红拂女留了下来。

心灵絮语

红拂女慧眼识英雄的故事是流传千古的佳话。她的勇气体现了一代女侠的风范。

郭子仪单骑退敌

人物介绍

郭子仪，华州郑县（今陕西渭南华州区）人，著名政治家、军事家，历经武则天、唐中宗、唐睿宗、唐玄宗、唐肃宗、唐代宗、唐德宗七朝。郭子仪的主要功绩是平定安史之乱。

郭子仪出身于中层官吏家庭，通过武举考试走上了政治舞台。天宝八年，郭子仪担任横塞野军使；天宝十三年，出任天德军使，兼九原太守与朔方节度使、右兵马使。安史之乱爆发后，郭子仪在军事上大显身手，为平定安史之乱立下了赫赫战功。

765年，回纥、吐蕃两大外族联军几十万人大举进攻长安。刚经过安史之乱的唐军哪里抵挡得住，回纥、吐蕃联军一直打到长安北边的泾阳（今陕西泾阳），长安也受到威胁。宦官鱼朝恩一再劝代宗逃出长安。由于大臣反对，代宗才没有逃走。这时，大家都把希望寄托在郭子仪身上。

郭子仪下令严守不战，他知道回纥与吐蕃内部一直有矛盾。于是命卫队长去见回纥将领。哪知回纥将领不相信卫队长，说："郭公已经死了，你骗人，要是真的在这里，我们见见可以吗？"原来，郭子仪手下有一名大将叫仆固怀恩，因不满意唐王朝对他的待遇，发动叛变，派人跟回纥和吐蕃联络，欺骗他们说，郭子仪已经被宦官鱼朝恩杀害，要他们联合起来反对唐朝，这次进军就是在他的唆使下进行的，只是他在行军途中突然发病死去。

卫队长将情况报告给郭子仪，郭子仪说："眼下敌我悬殊，难以力胜。从前我和回纥颇有交情，不如挺身去说服他们。"郭子仪的部下主张选五百名铁骑兵做随从，郭子仪说："这反而有害。"儿子郭晞担心父亲的安危，拉住郭子仪的马劝说道："他们是虎狼，父亲是国家元帅，怎么能把自己送入虎口呢？"郭子仪说："目前要是开战，那么咱们父子都得死，国家也难免遭难。我以至诚的话去说服他们，如幸而见从，那是四海之福！否则，牺牲我一个人，可以保全全体，何乐而不为？"郭晞不听，拉住马缰不放，郭子仪扬起马鞭，在他手上猛击一鞭，喝道："走开！"大开城门而出。

词语百宝箱

待遇　唆使

至诚　对峙

看到郭子仪后，回纥人大惊，大元帅弯弓搭箭，亲自立在阵前。郭子仪脱下盔甲，抛下铁枪，缓缓纵马上前。回纥诸将领相顾道："不错，是他！"皆下马行礼。郭子仪也纵身下马，上前握住回纥元帅的手，责怪他进军侵略。两人一番交谈之后，回纥元帅终于被他说服，并答应去攻打吐蕃兵。这时回纥兵两翼缓缓推进，郭子仪部下见状也急忙上前，两军对峙。郭子仪挥手令部下退开，取酒与回纥元帅共饮。回纥人请他先发誓，郭子仪大喊："大唐天子万岁！回纥大汗万岁！两国将相万岁！有负约者，身殒阵前，家族灭绝！"回纥将领也照样发誓，两军大喜，齐呼万岁，吐蕃兵知道后连夜逃走。唐军与回纥合兵追击，大胜吐蕃。

由于郭子仪这个外交上的大胜利，长安局势顿时转危为安。

心灵絮语

郭子仪孤胆入敌营，举手投足之间尽显名将的霸气，这种气魄不亚于关羽单刀赴会。

杨业壮烈殉国

人物介绍

杨业又名杨继业，并州（今山西太原）人，本是北汉的大将，北汉覆亡后做了北宋的将军。杨业能征善战，甚有智谋，被称为“杨无敌”。

高粱河战役之后，辽国的军队不断南下，宋辽之间经常爆发战争。

辽景宗死后，年仅十二岁的辽圣宗即位。宋太宗看到辽圣宗年幼，认为收复燕云十六州的机会来了，决心出兵收复失地。宋雍熙三年（986 年），宋太宗分兵三路攻打辽国，东路由大将曹彬率领，向幽州前进；中路由田重进率领，攻取河北西北部和山西东北部各地；西路由潘美和杨业率领，攻取山西北部各地；然后三路军队会合，收复幽州。潘美、杨业一路上英勇作战，很快打下了寰、朔、云、应四州之地。但由于中、东路溃败，西路军队成了深入的孤军，宋太宗命令他们迅速退回代州，不久，应州的宋兵撤回了，辽军又乘机打进了寰州。宋太宗下令把寰、朔、云、应四州的人民迁到内地，要潘美和杨业的部队负责掩护。

杨业凭着多年来对辽国作战的经验，提出了一个稳妥的作战方案，他说：“现在敌人的实力较强，应当暂时避开他的锋芒，不能硬打。我们先假装攻打应州，敌人一定派大军前来迎战，我们再派人秘密跟云、朔两州的守将约好日期，要他们利用这个时机赶快带百姓往南走。再派三千名弓箭手和骑兵在中路接应，百姓就可以安全撤退了。”他刚说完，监军王侁反对说：“我们有几万精兵，为什么要这样胆小害怕！应该走雁门关北面的大路，向朔州行进，然后攻打寰州。”他还讥讽杨业说，“你平素号称杨无敌，而今见到敌兵，就停止不前，不肯打仗，难道你有其他想法吗？”杨业无奈，只得率本部人马出击。潘美明知这样出兵凶多吉少，但是他妒忌杨业的才能，因此没加阻拦。杨业临走前和潘美约定，由潘美、王侁率领弓箭手在陈家谷负责接应，然后带领人马直奔朔州。

词语百宝箱

凶多吉少

寡不敌众

辽军听说杨业前来，出动大批军队把宋军团团围住，杨业和他的部下虽骁勇无比，毕竟寡不敌众，他们从中午一直打到傍晚，只剩下一百多人，好不容易突出重围，退到陈家谷时，潘美、王侁早已撤离。杨业决心以死报国，就对部下说：“你们各有父母和妻子，不必跟着一起死，赶快夺路逃走，好回去报告朝廷。”部下都感动得哭起来，没有一个人肯逃走。杨业得不到接应，陷入重围，只得孤身奋战，最后身负重伤，坠马被俘。杨业被俘后，坚贞不屈，在敌营绝食三天，壮烈殉国。

心灵絮语

杨家将的故事在民间流传甚广，杨家将最早的统帅就是杨业。杨业忠烈不屈，他的英勇事迹一直被人们传诵和赞美。

狄青战无不胜

人物介绍

狄青，汾州西河（今山西）人，北宋名将，骁勇善战，因面有刺字而被称为“面涅将军”。狄青一生经历了二十多场战役，屡建奇功，却招致朝廷猜忌，最后抑郁而终。

韩琦、范仲淹刚到陕西的时候，有人向他们推荐英勇善战、有大将才干的狄青。

狄青原本是京城禁军里的一个普通士兵。他从小练得一身武艺，骑马射箭，样样精通，加上胆壮力大，后来被选拔做了小军官。

西夏的元昊称帝以后，宋仁宗派禁军到边境去防守，狄青被派到陕西保安（今陕西志丹）。不久，西夏兵进攻保安。保安的宋军多次被西夏兵打败，士兵们一听说打仗都有点儿害怕。守将卢守勤正为这件事发愁，狄青主动请求让他担任先锋，抗击西夏军。卢守勤见狄青愿意当先锋，自然高兴，就拨给他一队人马，跟前来进犯的西夏军交战。

狄青每逢上阵，先换一身打扮。他把发髻打散，披头散发，脸上戴着一个铜面具，只露出两只炯炯有神的眼睛。他手拿一支长枪，带头冲进敌阵，东拼西杀。西夏兵自从进犯宋境以来，还没有碰到过如此厉害的对手。他们看到狄青这副打扮，已经胆寒了。经狄青和宋军的一阵猛冲，西夏军的阵脚大乱，纷纷败退。狄青带领宋军冲杀过去，打了一个大胜仗。

词语百宝箱

胆壮力大
披头散发
胆寒

捷报传到朝廷，宋仁宗十分高兴，把卢守勤提升了官职，狄青提升四级。宋仁宗还想把狄青召回京城，亲自接见。后来因为西夏兵又进犯渭州，调狄青去抵抗，不得不取消了召见的打算，只是叫人给狄青画了肖像，送到朝廷去。

以后几年里，西夏兵不断在边境各地进犯，弄得地方不得安宁。狄青前后参加了二十五次大小战斗，受了八次箭伤，从没有打过一次败仗。西夏兵一听到狄青的名字，就吓得不敢交锋。

宋朝有个残酷的制度。为了防止士兵开小差，就在士兵的脸上刺上字。狄青当小兵的时候也被刺过字。过了十多年，狄青当了大将，但是脸上还留着黑色的字迹。

有一次，宋仁宗召见他以后，认为作为大将脸上留着黑字，很不体面，就叫狄青回家以后，敷上药，把黑字除掉。狄青说："陛下不嫌我出身低微，按照战功把我提到了这个位置，我很感激。至于这些黑字，我宁愿留着，让士兵们见了，知道该怎样上进！"

宋仁宗听了，很赞赏狄青的见识，于是更加器重他了。

心灵絮语

爱国是不论尊卑的，狄青不以出身低微、面带刺字为耻的精神值得称赞。

宗泽忧呼“过河”

人 | 物 | 介 | 绍

宗泽，浙东乌伤（今浙江义乌）人，著名抗金大臣、民族英雄，深为金人畏惮，被金人称为“宗爷爷”。宗泽以刚直豪爽、忧国忧民著称，但壮志难酬，最后抑郁而终。

北宋灭亡以后，原来留在相州的康王赵构逃到南京（今河南商丘）。1127年5月，赵构在南京即位，他就是宋高宗。这个偏安的宋王朝，后来定都临安（今浙江杭州），历史上称作南宋。

宋高宗即位以后，在舆论的压力下，不得不把李纲召回朝廷，担任宰相。但是实际上他信任的却是黄潜善和汪伯彦两个亲信。

李纲提出许多抗金的主张。他还跟宋高宗说：“要收复东京，非用宗泽不可。”宋高宗早就了解宗泽的勇敢，这次听了李纲的推荐，就任命宗泽为开封府知府。

这时候，金兵虽然已经撤出开封，但是开封城经过两次大战，城墙全被破坏了。百姓和士兵混杂居住；再加上靠近黄河，金兵经常在北岸活动。开封城里人心惶惶，秩序混乱。宗泽在军民中有很高的威望。他一到开封，先下了一道命令："凡是抢劫居民财物的，一律按军法严办。"命令一下去，城里仍旧发生了几起抢劫案件。宗泽杀了几个抢劫犯，秩序就渐渐安定下来。

就在宗泽准备北上收复中原时，宋高宗和黄潜善、汪伯彦却嫌南京不安全，准备继续南逃。李纲因反对南逃，被宋高宗撤了职。

宗泽十分焦急，亲自渡过黄河，约河北各路义军将领共同抗击金兵。宗泽一再申表奏章，请求高宗回到开封，主持抗金。但是奏章到了黄潜善等人的手里，他们取笑宗泽是个狂人，把他的奏章扣了下来。不久，宋高宗就从南京逃到扬州去了。

没过多久，金兵果然又分路大举进攻。金太宗派大将兀术进攻开封，宗泽事先派部将分别驻守洛阳和郑州。兀术带兵接近开封的时候，宗泽派出几千精兵，绕到敌人后方，截断敌人退路，然后和伏兵前后夹击，把兀术打得狼狈而逃。

又有一次，金将宗翰率领金兵攻占洛阳，宗泽派部将郭振民、李景良带兵袭击宗翰，两人打了败仗。郭振民向金军投降，李景良畏罪而逃。宗泽派兵捉住李景良，责备他说："打仗失败，本来可以原谅；现在你私自逃走，就是目中没有主将。"说完，下令把李景良斩首了。

郭振民向金军投降之后，宗翰派了一名金将跟郭振民一起到开封，劝宗泽投降。宗泽在开封府大堂接见了他们，并对郭振民说："你如果在战场上战死，算得上是一个忠义的鬼。现在你投降做了叛徒，居然还有脸来见我！"说着，喝令士兵把郭振民也斩了。

宗泽回过头对劝降的金将冷笑一声，说："我守住这座城，早就准备好跟你们决一死战。你是金朝将领，没能耐在战场上打仗，却想用花言巧语来诱骗我！"

词语百宝箱

人心惶惶　威望
花言巧语　面无人色
吆喝

金将吓得面无人色，只听得宗泽吆喝一声，几个士兵上来，把金将也拉下去斩了。

宗泽一连杀了三人，表明了抗金的坚定决心，大大激励了宋军的士气。他号令严明，指挥灵活，接连多次打败金兵，威名越来越大。

宗泽依靠河北义军，聚兵积粮，认为完全有力量收复中原，接连写了二十几道奏章，请高宗回到开封。不用说，那些奏章都被黄潜善他们搁了起来。

这时候，宗泽已经是快七十岁的老人了，他受不了这个气，背上发毒疮病倒了。部下的一些将领去问候他，他睁开眼睛激动地说：“我因为国仇不能报，心里忧愤，才得了这个病。只要你们努力杀敌，我死了也没有遗憾。”

将领们听了，个个感动得掉下热泪。他们正准备离开的时候，只听得宗泽念着唐朝诗人杜甫的诗：“出师未捷身先死，长使英雄泪满襟！”接着，宗泽又用足力气，呼喊“过河！过河！过河！”这才阖上眼睛。

开封军民听到宗泽去世的消息，没有一个不伤心得痛哭流涕的3。

心灵絮语

读完宗泽的故事，我们不禁敬佩他满腔热血一心为国的精神。

岳飞精忠报国

人 | 物 | 介 | 绍

岳飞，字鹏举，相州汤阴（今河南安阳汤阴）人，著名军事家、战略家、民族英雄，同南宋另外三位名将韩世忠、张俊、刘光世一起被誉为“中兴四将”。

岳飞的青年时代，是在国家内忧外患之中度过的。宋朝统治者纵情享乐，长期生活在我国东北的女真族勃然兴起，建立了金政权。1127年金攻陷宋都城汴京，北宋宣告灭亡。

这一年，岳飞正好二十岁。这个饱读兵书、谙熟武艺、身强力壮的年轻人，盼望有一天能够投身疆场，为国家报仇雪耻。当招募“敢战士”的消息传来时，他报名参军。就在他走上战场的前夕，深明大义的母亲，特意在他背上刺下“精忠报国”四个大字，嘱咐他一生一世都要为国家和民族的利益奋勇杀敌，决不能吝惜自己的生命。

岳飞参军后，一直坚持战斗在抗金的最前线，为挽救民族的危亡而英勇杀敌。他率领的“岳家军”不畏强敌，独当一面，先后六次与金兵交锋，均获全胜，“岳家军”声威大震。

但是，外敌难以撼动的岳家军，却遭到了南宋朝廷内部投降派的摧残。

就在抗金战争将要取得辉煌胜利的时刻，甘心充当“儿皇帝”的高宗赵构，因担心一旦收复中原，金人放回他的哥哥钦宗，他就保不住皇位，因而急切地希望与金人议和。奸臣秦桧也抓住高宗这个难言的心病大肆活动，故意破坏岳飞的抗战。他们狼狈为奸，密谋制订了全线撤军、葬送抗金大好形势的罪恶计划。他们首先命令东西两线收兵，造成岳家军孤军奋战的不利态势，而后以“孤军不可久留”为名，连下十二道金牌，急令岳飞“措置班师”。在要么“班师”，要么“丧师”的不利形势下，岳飞明知这是权臣用事的阴谋，但为了保存抗金实力，不得不忍痛班师。

词语百宝箱

内忧外患	身强力壮
深明大义	精忠报国
奋勇杀敌	狼狈为奸

岳飞一回到临安，立即陷入秦桧、张俊等人布置的罗网中。1141 年，他遭诬告“谋反”，被关进了临安大理寺。

除夕夜，岳飞被赵构“特赐死”，被害于临安大理寺内，年仅三十九岁。岳飞部将张宪、儿子岳云亦被腰斩于市门。岳飞父子及张宪死于奸臣和昏君之手，激起了抗金军队和老百姓的强烈愤怒，韩世忠当面质问秦桧，秦桧支吾其词：“其事体‘莫须有’（也许有）。”韩世忠当场驳斥：“‘莫须有’三字，何以服天下？”抗金英雄岳飞，就在“莫须有”的罪名下，含冤而死。临死前，他在供状上写下“天日昭昭！天日昭昭！”八个大字。这是悲愤的呼喊！

心灵絮语

英勇抗金的岳飞最后竟然死在了“莫须有”的罪名之下，为后世之人留下了无数慨叹。岳飞虽然被杀害了，但他精忠报国的精神永垂不朽。

韩世忠激战黄天荡

人物介绍

韩世忠，延安（今陕西绥德）人，南宋著名军事家。韩世忠为人刚正，骁勇善战，在对西夏和金国的战争中功勋卓著，是继岳飞之后又一个伟大的民族英雄。

金兵南下，一直打到明州海边，一路上不断遭到百姓组织起来的义军的袭击。

1130年3月，兀朮率领十万金兵北撤，到了镇江附近，遇到宋军大将韩世忠的拦击。韩世忠是主张抗金的将领，他对金兵的侵略暴行十分气愤，决心趁金兵北撤的时候狠狠阻击。

兀朮到了江边，打听到韩世忠不放他们过江，就派使者到宋营下了战书，要求跟宋军决战。韩世忠答应了他们，还跟兀朮约定了决战的日期。金兵有十万人，但是韩世忠手下的宋军总共才八千人，双方兵力相差很大。韩世忠明白，要打赢这个仗，只有依靠士气。他跟妻子梁红玉商量对策。梁红玉是个很有见识、懂武艺的女将，她支持丈夫的计划，并要求一起参加战斗。

韩世忠召集部将商量，说："这一带的地势，要数金山（在镇江西北）上的龙王庙最险要。金人一定会到那儿去侦察。"他派出一名部将带领二百名士兵到龙王庙设下埋伏。

果然不出韩世忠所料，过了一天，就有五名金军将士骑马上了金山，到龙王庙前来察看宋军的动静。庙里埋伏的宋兵等到金人靠近，就擂响战鼓，冲杀出来。五名金军将士一见中了埋伏，拨转马头就逃。宋兵赶上去，抓住了两名金兵。另外三名伏在马背上没命地逃奔，其中一个身穿红色战袍、系着玉腰带的金军将领慌里慌张地从马上摔了下来，又急忙跳上马背逃走。宋军审问了俘虏，才知道那个穿红袍的，就是金军主帅兀术。

决战的时刻到了。双方在江边摆开阵势，展开了一场血战。韩世忠披挂上阵，他的夫人梁红玉身穿戎装，在江心的一艘战船上擂响战鼓。将士们见主帅夫人上阵助战，士气高涨，纷纷冲杀过去。金兵虽然人马多，但是，一来军纪涣散，二来长途行军，十分疲劳，哪敌得过韩世忠手下精兵的袭击。一场战斗下来，金兵大败，连兀术的女婿龙虎大王也被活捉。

兀术又派出使者到宋营，说情愿把从江南抢来的财物全还给宋军，只求让他们渡江，韩世忠不答应。兀术又提出把他带来的一匹名马献给韩世忠，也被拒绝。

兀术没法过江，只好带着金兵乘船退到黄天荡（今江苏南京东北）。哪知道黄天荡是一条死港，船驶进那里，找不到出路。正在进退两难的时候，有人献计说："这里原来有一条河道，可以直达建康，只是现在堵塞不通，如果叫士兵开凿出来，就可以逃过宋军的追击了。"

兀术立刻命令金兵开挖河道。金兵人多，挖了一个通宵，就开凿了一条五十里长的水道。兀术赶忙指挥金兵沿水道逃到建康，不料半路上又遇到宋将岳飞的堵击，只好退回黄天荡。

金兵在黄天荡被宋军围困了四十八天，将士们叫苦连天。这时候，江北的金军派兵前来接应。兀术想用小船渡江，谁料韩世忠早有准备，他在大船上备好大批带着铁索的挠钩，等金兵的船只渡江的时候，大船上的宋兵用长钩把小船钩住，再用铁索用力拉。小船翻了，金兵连人带船一起沉入江里。

兀术十分焦急，请求韩世忠上阵对话，苦苦请求韩世忠让他们渡江。韩世忠说：“你们要过江不难，只要你们归还占领的地方，我就放你们过江。”

兀术回到金营，跟金将商量对付宋军的办法，他愁眉苦脸地说：“宋军行船好像我们骑马，来去像飞一样快，我们怎么渡得了江？”

部下有人说：“现在形势紧急，只有悬赏叫人献计，也许还有希望。”

兀术下令挂出悬赏牌，果然有一个士兵跑来献计说：“宋军的大海船，是靠风帆行驶的，只要挑个没风的日子出江，大船就驶不动了。”他还教兀术用火攻的办法攻击宋军。

> **词语百宝箱**
>
> 慌里慌张　进退两难
> 通宵　叫苦连天
> 愁眉苦脸　风平浪静

过了几天，正遇到个大晴天，江面上风平浪静。金兵偷偷登上小船，分批渡江。韩世忠想用大船赶上去拦击，但是因为没有风，大船行驶慢，赶不上小船。正在着急的时候，金兵的火箭纷纷射来，射中了宋船的风帆。风帆起了火，整个船只都燃烧起来，船上的宋军纷纷落水。韩世忠只好放弃船只，乘小船退回镇江。

兀术摆脱了韩世忠的阻击，带兵回到建康，抢掠了一阵，准备撤回北方，到了静安镇（今江苏江宁西北），又遭到了岳家军的袭击，被杀得一败涂地，狼狈逃窜。岳飞赶走金兵，收复了建康。

心灵絮语

韩世忠一生金戈铁马，叱咤风云，用实际行动彰显了一个将军的风采。他的英雄气概和爱国热忱永远铭记在世人的心中。

文天祥从容殉国

人 | 物 | 介 | 绍

文天祥，江西吉州庐陵（今江西吉安青原）人，南宋末年著名的抗元英雄和爱国诗人，同陆秀夫、张世杰并称为“宋末三杰”。

文天祥出身于一个地主家庭。其父爱读书，也很重视孩子们的学业，设法聘名师任教。文天祥无论寒暑都要在贴满格言警句的书斋中与弟弟一起诵读、写作，谈古论今。

十八岁时，文天祥获庐陵乡校考试第一名，二十岁入吉州（今江西吉安）白鹭洲书院读书，同年中选吉州贡士，随父前往临安（今杭州）应试。

在殿试中，他作“御试策”切中时弊，提出改革方案，表述政治抱负，被主考官誉为“忠君爱国之心坚如铁石”，由理宗皇帝亲自定为状元。四天后父亲不幸病故，文天祥归家守孝三年，未受官职。

宋恭帝德祐元年（1275 年）正月，因元军大举进攻，宋军的长江防线全线崩溃，朝廷下诏让各地组织兵马勤王。文天祥立即捐献家资充当军费，招募当地豪杰，组建了一支万余人的义军，开赴临安。宋朝廷委任文天祥平江府知府，命令他发兵援救常州，旋即又命令他驰援独松关。由于元军攻势猛烈，江西义军虽英勇作战，最终也未能挡住元军的兵马。

次年正月，元军兵临临安，文武官员纷纷出逃。谢太后任命文天祥为右丞相兼枢密使，派他出城与伯颜谈判，企图与元军讲和。文天祥到了元军大营，却被伯颜扣留。谢太后见大势已去，只好献城纳土，向元军投降。

元军占领了临安，但两淮、江南、闽、广等地还未被元军完全控制和占领。于是，伯颜企图诱降文天祥，利用他的声望来尽快收拾残局。文天祥宁死不屈，伯颜只好将他押解北方。行至镇江时，文天祥冒险出逃，经过许多艰难险阻，于景炎元年（1276 年）5 月 26 日辗转到达福州，被宋端宗赵昰任命为右丞相。

文天祥对张世杰专政极为不满，又与陈宜中意见不合，于是离开南宋行朝（天子所在地），以都督的身份在南剑州（今福建南平）开府，指挥抗元。不久，文天祥又先后转移到汀州（今福建长汀）、漳州、龙岩、梅州等地，联络各地的抗元义军，坚持斗争。景炎二年（1277 年）夏，文天祥率军由梅州出兵，进攻江西，在雩都（今江西于都）获得大捷后，又以重兵进攻赣州，以偏师进攻吉州，陆续收复了许多州县。元江西宣慰使李恒在兴国县发动反攻，文天祥兵败，收容残部，退往循州（旧治在今广东龙川西）。祥兴元年（1278 年）夏，文天祥得知南宋行朝移驻崖山，为摆脱艰难处境，他要求率军前往，与南宋行朝会合。由于张世杰坚决反对，文天祥只好作罢，率军退往潮阳县。同年冬，元军大举来攻，文天祥在率部向海丰撤退的途中遭到元将张弘范的攻击，兵败被俘。

文天祥服毒自杀未遂，被张弘范押往崖山，让他写信招降张世杰。文天祥说：“我不能保护父母，难道还能教别人背叛父母吗？”张弘范不听，一再强迫文天祥写信。文天祥于是将自己前些日子所写的《过零丁洋》一诗抄录给张弘范。张弘范读到“人生自古谁无死，留取丹心照汗青”两句时，不禁也受到感动，不再强逼文天祥了。

南宋在崖山灭亡后，张弘范向元世祖请示如何处理文天祥。元世祖说："谁家无忠臣？"命令张弘范对文天祥以礼相待，将文天祥送到大都（今北京），软禁在会同馆，决心劝降文天祥。

元世祖首先派降元的原南宋左丞相留梦炎对文天祥现身说法，进行劝降。文天祥一见留梦炎便怒不可遏，留梦炎只好悻悻而去。元世祖又让降元的宋恭帝来劝降。文天祥北跪于地，痛哭流涕，对宋恭帝说："圣驾请回！"宋恭帝无话可说，怏怏而去。元世祖大怒，下令将文天祥的双手捆绑，戴上木枷，关进兵马司的牢房。文天祥入狱十几天，狱卒才给他松了手缚，又过了半月，才给他褪下木枷。

元朝丞相孛罗亲自开堂审问文天祥。文天祥被押到枢密院大堂，昂然而立，只对孛罗行了一个拱手礼。孛罗喝令左右强制文天祥下跪。文天祥竭力挣扎，坐在地上，始终不肯屈服。孛罗问文天祥："你现在还有什么话可说？"文天祥回答："天下事有兴有衰。国亡受戮，历代皆有。我为宋尽忠，只愿早死！"孛罗大发雷霆，说："你要死？我偏不让你死。我要关押你！"文天祥毫不畏惧，说："我愿为正义而死，关押我也不怕！"

词语百宝箱

宁死不屈　以礼相待
怒不可遏　大发雷霆

12月8日，元世祖召见文天祥，亲自劝降。文天祥对元世祖仍然是长揖不跪。元世祖也没有强迫他下跪，只是说："你在这里的日子久了，如能改心易虑，用效忠宋朝的忠心对朕，那么朕可以在中书省给你一个位置。"文天祥回答："我是大宋的宰相。国家灭亡了，我只求速死，不当久生。"元世祖又问："那你想怎么样？"文天祥回答："但愿一死足矣！"元世祖十分气恼，下令立即处死文天祥。

次日，文天祥被押解到菜市口刑场。监斩官问："丞相还有什么话要说？回奏还能免死。"文天祥喝道："死就死，还有什么可说的？"他问监斩官，

"哪边是南方？"有人给他指了方向，文天祥向南方跪拜，说，"我的事情完结了，心中无愧了！"于是引颈就刑，从容就义，时年仅四十七岁。死后人们在他的衣袋中发现一首诗："孔曰成仁，孟曰取义，唯其义尽，所以仁至。读圣贤书，所学何事？而今而后，庶几无愧。"

心灵絮语

文天祥一身正气，在面对敌人时从容自若、宁死不屈的气节为后人敬仰。他的一生正是他在《正气歌》中所描述的那样，"天地有正气，杂然赋流形"。

于谦坚守北京

人|物|介|绍

于谦，浙江杭州钱塘（今浙江杭州）人，著名民族英雄和诗人，与岳飞、张煌言并称为“西湖三杰”。于谦曾多次挽时局于危难之中，堪称“救时宰相”。

明朝五十万大军在土木堡全线崩溃，消息传到北京，太后和皇后急得哭哭啼啼，从宫中内库挑选出大量金银珍宝、绫罗绸缎，偷偷派太监带着去寻找瓦剌军，想把明英宗赎回来，结果毫无希望。

从土木堡逃出来的伤兵，断了手的，缺了腿的，陆续在北京街道上出现了。京城里人心惶惶，谁也不知道皇帝现在怎么样。还有京城里留下的人马不多，瓦剌军来了怎么抵挡呢？

为了安定人心，皇太后宣布由郕王朱祁钰监国（代理皇帝的职权），并召集大臣，商量怎么对付瓦剌军。大臣们七嘴八舌，不知怎么办才好。大臣徐有贞说：“瓦剌兵强，怎么也抵挡不住。我夜观天象，京城将遭大难，不如逃到南方去，暂时避一下，再做打算。”

> **词语百宝箱**
> 哭哭啼啼
> 七嘴八舌

兵部侍郎于谦神情严肃地向皇太后和郕王说：“主张逃跑的，应该砍头！

京城是国家的根本，如果朝廷撤出，大势就完了。大家难道忘了南宋的教训了吗？”

于谦的主张得到许多大臣的支持，太后决定让于谦负责指挥军民守城。

这一年 10 月，瓦刺军打到北京城下，在西直门外扎下营寨。于谦立刻召集将领商量对策。大将石亨认为明军兵力弱，主张把军队撤进城里，然后把各道城门关闭起来防守，日子一久，也许瓦刺会自动退兵。

于谦说：“敌人这样嚣张，如果我们向他们示弱，只会助长他们的气焰。我们一定要主动出兵，对他们迎头痛击。”接着，他分派将领带兵出城，在京城九门外摆开阵势。

于谦在城外把各路人马布置好后，亲自率领一支人马驻守在德胜门外，叫城里的守将把城门全部关起来，表示有进无退的决心。他还下了一道军令：将领上阵，丢了队伍带头后退的，斩将领；士兵不听将领指挥，临阵脱逃的，由后队将士督斩。

词语百宝箱

嚣张　迎头痛击
临阵脱逃　斗志昂扬

将士们被于谦勇敢、坚定的精神感动了，士气振奋，斗志昂扬，下决心跟瓦刺军拼死战斗，保卫北京。

这时候，各地的明军接到朝廷的命令，也陆续到北京支援。城外的明军增加到二十二万人。

明军声势浩大，戒备森严，瓦刺军发动几次进攻，都遭到明军的奋勇阻击。城外的百姓也配合明军，跳上屋顶、墙头，用砖瓦投掷敌人。经过五天的激战，瓦刺军死伤惨重，军队将领怕退路被明军截断，不敢再战，于是带着明英宗和残兵败将撤退。于谦等明英宗去远了，就用火炮轰击，又杀败了一批瓦刺兵。

北京城保卫战，取得了辉煌的胜利。

心灵絮语

“千锤万凿出深山，烈火焚烧若等闲。粉身碎骨浑不怕，要留清白在人间。”这首《石灰吟》以石灰自比，表达了于谦为国尽忠、不怕牺牲的意愿。正如于谦诗中所写，他的高尚品格永留世间。

戚继光抗倭

人|物|介|绍

戚继光，山东蓬莱人，明朝杰出的军事家、民族英雄。戚继光保国卫民，戎马一生，多次击退倭寇、蒙古族的侵扰，时人有“足称振古之名将，无愧万里之长城”之说。

1561年5月的一天，本来热闹非凡的台州城竟变得死一样寂静，家家店门紧闭，连一条狗都看不到，只有风卷着残叶在地上打旋，空寂的街巷使人觉得好像有一场灾难即将来临。

半个时辰前，一个过路的客商带来一个可怕的消息：“大批倭寇已经到达五里外的花园街了！”顿时，街上的人惊呼起来：“快跑呀，再不跑就没命啦！”城里城外的百姓慌成一团，扶老携幼，准备逃命。

倭寇是由日本人组成的海盗，他们每年趁东南风起的四五月间，驾着船到中国沿海地区骚扰、抢劫。他们不是一般的海盗，大多是一些寺院雇用的武士，也有在内战中留下的残兵败将和一些游手好闲之徒。到了明朝中期，他们活动得更加猖獗，带着刀枪剑戟、火枪火炮，先在海上抢劫渔船，又到陆

词语百宝箱

扶老携幼　残兵败将

游手好闲

上打家劫舍，使我国东南沿海一带的百姓惶惶不可终日；人人咬牙切齿，但又无可奈何。

镇守在浙江、宁波、绍兴、台州一带的将军叫戚继光，他在十六岁时就立下保卫海防的志向，十七岁那年，继承父职，当上了指挥官。这天中午，他刚端起饭碗，就传来倭寇侵扰台州的消息。戚继光把饭碗一推，说："好啊，我正等着他们呢！"他立即带领人马，火速赶到台州城下。

这时，倭寇们正在城里作恶，砸门声、吆喝声、哭叫声，把整个台州城几乎抬上了天。

戚继光顺着大街朝前走，正巧碰上二百多个倭寇背着大包小包往这边跑来，领头的是一个叫吉野三郎的家伙。这家伙是个独眼龙，据说，他的另一只眼就是在抢劫时被渔民用鱼叉戳瞎的。吉野三郎见到迎面而来的戚继光，先是一怔，随即镇静下来，迅速将队伍排成"一"字形，大步上前迎战。戚继光命令将士们后退几步，用火器迎头射击，"轰轰"几下，把倭寇打得全趴下了，剩下的倭寇很快变换成两路纵队围攻戚继光。戚继光将令旗一举，主力、伏兵一齐出击，顷刻间把敌军分割得七零八落。将士们在戚继光的指挥下猛冲猛打，倭寇溃不成军。吉野三郎趁着混乱之际，跟着剩下来的倭寇夺路而逃。戚继光大喝一声："追！"一阵马蹄声如鼓响一般追去，一口气又追杀了三百多个敌人。

词语百宝箱

惶惶不可终日

无可奈何　七零八落

溃不成军　夺路而逃

这一仗，缴获了长枪、弓箭等战利品六百多件，救出被掳的男女四千多人。

之后，戚继光又一连多次打退倭寇的进攻，沿海一带再也看不到倭寇的影子了，台州的渔船又可以出海捕鱼了。

此后，戚继光又带领新兵在福建、广东打了几个大胜仗，把倭寇打得焦头烂额，闻风丧胆。就连日本岛上的人一提起戚继光都说："戚家军，了不起！

了不起！”

后来，倭寇很少再到中国沿海来逞强了。

心灵絮语

戚继光少年立志，精研战阵，随时准备着对来犯的倭寇以迎头痛击。正是因为时刻准备着，才能让他在之后的抗倭战争中屡屡获胜。

郑成功收复台湾

人 | 物 | 介 | 绍

郑成功，福建泉州南安人，明末清初著名军事家、民族英雄。清军入关后，郑成功率领士兵在东南沿海抗清，不敌清军，退守台湾，并从外国殖民者手中收复了台湾。

台湾自古以来就是我国的领土。明朝末年，欧洲的荷兰人趁明王朝腐败无能之际，霸占了台湾的海岸，修建城堡，向台湾人民勒索苛捐杂税。台湾人民不断反抗，都遭到荷兰侵略军的镇压。

郑成功少年时就跟随父亲到过台湾，目睹了台湾人民遭受的苦难，立志要收复台湾。等他的兵力逐渐壮大时，他便下定决心赶走侵略军，命令将士修造船只，收集粮草，准备渡海。

1661 年 4 月，郑成功命他的儿子郑经带领一部分军队留守厦门，自己率领二万五千名将士分乘几百艘战船，浩浩荡荡从金门出发。他们冒着风浪，越过台湾海峡，在澎湖休整几天，准备直取台湾。这时候，有些将士听说西洋人的大炮厉害，有些害怕。郑成功把自己乘坐的战船排在前面，鼓励将士们说："荷兰人的红毛火炮没什么可怕的，你们只要跟着我的船前进就是。"

荷兰侵略军听说郑军要进攻台湾，十分惊慌。他们把军队集中在台湾城（今台湾东平地区）和赤崁（今台南地区）两座城里，还在港口沉了好多破船，想阻挡郑成功的船队登岸。

郑成功令何延斌领航，利用海水涨潮的时机，驶进了鹿耳门，登上了台湾岛。

台湾人民听到郑军来到，成群结队推着小车，提水端茶，迎接亲人。躲在城堡里的荷兰侵略军头目气急败坏地派了一百多个士兵冲出来，郑成功一声号令，郑家军把敌军紧紧围住，杀了一个敌将后，敌兵溃散了。

词语百宝箱

苛捐杂税　成群结队
气急败坏　张牙舞爪

侵略军又调动一艘军舰“赫克托”号，张牙舞爪地开了过来，阻止郑军的船只继续登岸。郑成功沉着镇定，指挥他的六十多艘战船把“赫克托”号围住。郑军的战船小，行动灵活。郑成功号令一下，六十多只战船一齐发炮，“赫克托”号被击中起了火。大火熊熊燃烧，把海面照得通红。“赫克托”号渐渐沉没下去，还有三艘荷兰船一看形势不妙，吓得掉头就逃。

荷兰侵略军遭到惨败，龟缩在两座城里不敢应战。他们一面偷偷派人到巴达维亚（今爪哇）去搬救兵，一面派使者到郑军大营求和，说只要郑军肯退出台湾，他们愿献上十万两白银。

郑成功扬起眉头，威严地说：“台湾本来就是我国的领土，我们收回自己的领土，是理所当然的事。你们如果赖着不走，就把你们赶出去！”

郑成功喝退荷兰使者，派兵猛攻赤崁。不出三天，赤崁的荷兰军就乖乖投降了。

盘踞在台湾城的侵略军企图顽抗，等待救兵。郑成功决定采取长期围困的办法逼迫他们投降。在围困八个月之后，郑成功下令向台湾城发起强攻。荷兰侵略军走投无路，只好扯起白旗投降。1662年初，侵略军头目被迫到郑成功大营，在投降书上签了字后，灰溜溜地离开了台湾。

心灵絮语

郑成功从荷兰侵略者手中成功收复了台湾，是我国历史上杰出的民族英雄。郑成功对我国领土寸土不让，不惧威逼利诱，这种品质是非常值得我们学习的。

渥巴锡率部东归

人 | 物 | 介 | 绍

渥巴锡，卫拉特西蒙古土尔扈特部最后的可汗、民族英雄，因不堪忍受俄国的残酷压迫，于1771年1月率领部族十七万人历经千难万险回归祖国，后被乾隆皇帝册封为卓里克图汗。

土尔扈特部族是蒙古草原的一支。明末清初，由于受到准噶尔部排挤，被迫西迁到伏尔加草原，以游牧为生，经常遭到沙俄军队的烧杀抢掠，族人痛苦不堪。清乾隆年间，可汗渥巴锡想带领族人越过茫茫的伏尔加草原，回到祖国去。可是，当他在部族长老大会上把自己的想法说给大家听的时候，立即引来了截然相反的两组意见：以索里让为首的一派坚决支持，原因是回归祖国是每个族人的心愿；但以阿里木为首的一派坚决反对，原因是路途艰难，会死伤惨重。两派争吵得很激烈，差点儿动手打起来。这时，沙俄政府派人送来信，要求渥巴锡无条件地将伏尔加草原变成沙俄的领地，阿里木认为应该答应沙俄政府的要求，以免大动干戈。这时，渥巴锡大声喊道：“我们决不能让沙俄占领土尔扈特的草原！”

词语百宝箱

排挤　痛苦不堪

截然相反　大动干戈

沙俄将军里斯乔夫在收到渥巴锡言辞激烈的拒绝信后，非常生气，扬言立即发兵伏尔加，但他的副将叶基却不急不忙地说："我们可以里应外合，将敌人一网打尽……"里斯乔夫听后哈哈大笑，连说："就这么办！就这么办！"当晚，一个蒙面人闯进阿里木的帐篷，威逼利诱，收买了他，此人正是叶基。由于阿里木的出卖和武器相差悬殊，土尔扈特人在与沙俄军队的交战中，死伤无数，伏尔加草原血流成河。老人、妇女和孩子们抬着一具具土尔扈特战士的尸体，哭声震天。阿里木趁机再次劝说渥巴锡归顺沙俄，但渥巴锡毅然决定带领族人回归祖国。

里斯乔夫得到阿里木的密报，决定立即上报女皇叶卡捷琳娜二世，请求哥萨克骑兵的支援。这时，阴险、狡猾的叶基又献出一条奸计。第二天，正当土尔扈特部人高高兴兴地为回归祖国做准备的时候，突然一个受伤的外族人来到部族，自称是从中国逃出来的。渥巴锡和长老们去看望，那人一边抹泪一边说："中国的皇帝非常残暴。因为他是满人，对其他民族很排挤，把我们当牲口使唤，任意打骂。不仅如此，他甚至还将我们驱逐出境。我们实在受不了了，就逃了出来。一路上，大家死的死，伤的伤，到现在，只有我一个人活了下来。"族人们一听，都信以为真，纷纷议论："皇帝这么残暴，我们还回去干什么？""是啊，我们还不如留在这里。"渥巴锡感觉大家的心开始动摇了，自己也有点儿迷惑。正在这时，乾隆皇帝的使者来了，他带来了皇帝的亲笔信："若想回国，我朝大为欢迎，并会妥善安置。"而那个受伤的外族人却不见了踪影。族人们终于明白自己被欺骗了，更加拥护渥巴锡带领大家回国。

> **词语百宝箱**
> 里应外合　一网打尽

第二天一早，草原上升起巨大的烟柱，族人们焚烧了帐篷，赶着驮满行李的牛、马集中在草原上。渥巴锡高举鲜艳夺目的彩旗，大声说："今天是我们举旗起义的日子，一去不回头！一路上我们会遇到很多危险，但大家只要齐心协力，不怕流血牺牲，克服困难，勇敢前进，我们就一定能回到祖国！”顿时，群情激昂，人们振臂高呼。然而欢呼声未息，就见一拨人策马而来，原来是沙俄骑兵气势汹汹地追来了。渥巴锡沉着镇定，吩咐索里让带领族人立即出发，自己率战士们留下，阻截追兵。族人们迎着东方初升的太阳出发了，渥巴锡凛然屹立在草原上为大家送行，身后是千余名战士。

黄昏时分，大家停下来歇脚。索里让不停地回头看，念叨着：“可汗他们怎么还没有赶来？”突然，一队人马正向这边奔来，最前面举着彩旗的正是渥巴锡。人们欢呼雀跃，但又立即沉默下来：战士们只剩下几百人，个个衣服上浸着血迹；渥巴锡的右臂上也裹着白布，浸出大块血印……渥巴锡激动地大喊：“亲人们，我们打败了强大的哥萨克骑兵！”人们又欢呼起来。

渥巴锡向索里让说起自己的疑惑：“敌人怎么对我们的情况这么熟悉？”索里让若有所思。深夜，阿里木趁大家都已熟睡时，偷偷跑到不远处，扒出一个小土堆，然后将一张羊皮纸埋在土堆里。这时，身后突然蹿出一个人，一把抓住阿里木，此人正是索里让。族人们义愤填膺，纷纷要求处死阿里木，渥巴锡念在他是族里老爹，并未杀掉他，只是将他逐出部族。但阿里木羞愧难当，拔出一把匕首，刺向了自己的脖子……

词语百宝箱

气势汹汹　欢呼雀跃
若有所思　义愤填膺
羞愧难当

渥巴锡带领着族人历尽艰辛，穿越沙漠，翻过雪山，终于到达了中俄边界，正当大家欢呼雀跃、泪流满面的时候，哥萨克骑兵追来了。渥巴锡停下脚步，绝望地大叫道：“罢了，跟他们拼了！”突然，远处一声震天炮响，清朝骑兵来营救他们了！渥巴锡激动得一句话也说不出来，眼泪唰唰地往下流。

后来，乾隆皇帝得知土尔扈特族人艰辛的归国过程后，非常感动，亲自接待了渥巴锡，妥善安置了土尔扈特族人。他还亲自撰写了《土尔扈特部全部归服记》和《优恤土尔扈特部众记》，刻在两块大石碑上，让子孙后代瞻仰。

心灵絮语

渥巴锡带领族人进行的民族大迁徙是我国历史上的一次壮举、一大奇迹，他为维护祖国统一、民族团结做出了不可磨灭的贡献。

关天培宁死不退

人|物|介|绍

关天培，江苏淮安人，晚清著名爱国将领。关天培勤于防务，致力于禁烟，坚持抗英斗争，是一位不折不扣的民族英雄。

关天培在1834年出任广东水师提督时，派人将母亲和妻子送回家乡，只带了三名兵丁走马上任。关天培上任之前，广东沿海防务松懈，广东水师缺乏战斗力。关天培一上任，立即添铸大炮、改建工事，增添了巡洋兵船和巡防兵丁，还亲自率领水师到各炮台督阵操练。

1840年10月，道光皇帝不问青红皂白，把林则徐撤职查办，改派了主张妥协的琦善为钦差大臣。关天培心中十分忧虑，琦善一到任，只讲妥协，不讲战备。海疆万里，却是一片乌云。果然，1841年1月7日，英军派了二十余艘炮舰，士兵两千多人，突袭虎门第一道防线沙角、大角炮台。两炮台只有六百余人防守，寡不敌众，琦善不许增兵支援，结果守军将士全部阵亡。

词语百宝箱

走马上任　松懈
青红皂白　精神抖擞

英军得寸进尺，又于2月25日进逼第二道防线威远、靖远、镇远等炮台。

关天培亲自坐镇靖远炮台。当时他已经六十一岁，只剩几颗牙齿，但精神抖擞。在炮台上，他向官兵们宣誓："人在，炮台在，不离炮台半步！"炮台上的官兵也随着发出了惊天动地的呼声。十五门大炮威严地排列着。

26日拂晓，英军从海雾中偷偷靠近，关天培一声令下，大炮怒吼了，海水沸腾了，英军海军舰队的一次次进攻都失败了。谁知，下午两点多钟，南风大作，英军舰只乘风猛攻，关天培负伤十多处，鲜血染红了战衣。但他仍镇定地指挥发炮。当天晚上，炮台被英军围困，关天培仍沉着指挥，决不后退半步。

敌人涌上了炮台，关天培奋不顾身地迎击。敌人被暂时杀退了，关天培却不幸被炮弹击中。一位忠心卫国的老将，为守卫祖国的海疆，献出了自己的生命。

心灵絮语

关天培，这样一位忠心卫国的老将，为守卫祖国的海疆，献出了自己的生命。他的精神长存于中华民族的历史上。

邓世昌战死沙场

人物介绍

邓世昌，广东番禺（今广东广州）人，清末海军爱国将领、民族英雄。邓世昌是我国最早的海军军官中的一个，他在甲午战争中壮烈殉国后，被光绪帝赐予“壮节公”谥号。

1894年8月，中日甲午战争爆发。

9月16日，清军北洋舰队护送运兵船至鸭绿江的大东沟（今辽宁东沟）。第二天上午，舰队士兵操练完毕，正准备吃午饭。突然，西南海面出现一团烟雾。烟雾越来越大，只见一支舰队正疾驶而来。清军估计是日军舰队，霎时警笛齐鸣，士兵们迅速进入临战状态。中午十一时左右，舰队指挥、海军提督丁汝昌发出命令：“各舰立即起锚出海！”十二时五十分，北洋舰队在黄海海面与日本舰队相遇，双方展开激烈战斗。

日本舰队军舰多，航速快，火炮强。他们依仗这些优势，妄想一举歼灭我军舰队。北洋舰队面对强敌，毫不示弱，各舰官兵同仇敌忾，奋勇杀敌。一时间，黄海海面上战火熊熊，硝烟弥漫。喊杀声、炮轰声响彻云霄。

战斗打响后，“致远”舰管带邓世昌指挥战舰，冒着密集的炮火，纵横海面，频频发炮，屡中敌舰。突然，邓世昌发现以主力舰“吉野”为首的日军四艘战舰逼近“定远”舰。“定远”舰是北洋舰队的旗舰，是整个舰队的指挥中心。邓世昌立即指挥“致远”舰开足马力，快速行进到“定远”舰之前，拦住敌军“吉野”舰，保护“定远”舰。“致远”舰虽因此陷入四艘敌舰的包围之中，但仍左冲右突，顽强迎战。不久，舰上本来就配备不足的炮弹打完了，邓世昌命令用步枪射击。经过近一个小时的激战，“致远”舰弹痕累累，舰身倾斜，即将沉没。这时，日军“吉野”舰驶近“致远”舰，邓世昌怒视“吉野”舰，对大副说：“敌军舰队全仗‘吉野’横行，如果撞沉‘吉野’，我军一定能取得胜利。”他慷慨激昂地向全舰官兵宣布，“我们为国作战，早已把生死置之度外。现在‘致远’舰受伤弹尽，无力再战。我决定以我伤残之舰撞沉‘吉野’，与‘吉野’同归于尽。”全舰官兵齐声高呼：“撞沉‘吉野’！撞沉‘吉野’！”邓世昌登上驾驶台，双手紧握舵轮，开足马力向“吉野”舰猛冲过去。

“轰隆隆……”，“致远”舰拖着愤怒的火焰，带着满身的创伤，咆哮着向“吉野”冲去。大海惊呆了，慌忙闪开一条水路，让“致远”跑得更快一些，一朵朵浪花举起手臂为“致远”呐喊、助威。

敌军舰队发现“致远”舰向“吉野”舰猛冲，立即集中火力，轰击“致远”舰。“致远”舰的甲板上起火了。但它并没有停止前进，而是像一条火龙一样乘风破浪，继续冲向“吉野”舰。“吉野”舰上的敌军见此情景，惊恐万状，纷纷跳水逃命。敌军舰长吓得目瞪口呆，魂飞魄散。但“致远”舰这时不幸被敌军鱼雷击中，锅炉爆炸，舰上燃起熊熊大火。“致远”舰渐渐沉入水中。

词语百宝箱

响彻云霄　左冲右突
置之度外　同归于尽
乘风破浪　惊恐万状
目瞪口呆

邓世昌落水后，仍不停地大喊杀敌。他的爱犬游到他身边，用嘴衔他的手臂和辫子，想救起主人；有个随从还把一只救生圈扔给了邓世昌，但是他都拒绝了。邓世昌决心实践自己的誓言："与军舰共存亡！"他沉没在汹涌的波涛之中，壮烈牺牲了。全舰二百多名将士，除十六人获救外，其余全部壮烈牺牲。

"致远"舰官兵的英勇壮举，激励了中国海军将士。"镇远"舰上的官兵像一头头发怒的雄狮，呐喊着冲了上来，用大炮连连击中日本的"松岛"号；"吉野"舰在中国海军的强大攻势下，完全丧失了战斗能力，傍晚时分，不得不退出战斗，仓皇逃窜。

悲壮的黄海之战结束了，中国海军官兵们的献身精神以及惊心动魄的激战场面，深深地烙在人们的记忆中。

心灵絮语

自古以来，牺牲在战场上是爱国军人引以为豪的志向。特别是那些明知死亡就在眼前仍勇敢杀敌的人，更令人崇敬。在甲午海战中牺牲的邓世昌就是这样的人。

孙中山奔走革命

人物介绍

孙中山，原名孙文，中国民主革命伟大的先行者。他首举反帝反封建的旗帜，与陈少白、尤列、杨鹤龄合称为“反清四大寇”，推翻了统治中国两千多年的封建帝制，创建了中华民国，被尊称为“中华民国国父”。

孙中山出生于广东省香山县翠亨村的一个佃户家里，因家境贫寒，直到十岁时才进本村冯氏宗祠的私塾念书。村里有位太平天国革命时期的老兵冯应观，常给他讲洪秀全起义的故事，听了这些故事后，孙中山常常渴望自己长大以后做第二个洪秀全。

十二岁那年，因为父亲病故，孙中山随母亲赴美国檀香山投靠哥哥，当了一名店员，同时在教会学校学习。在那里他接触了西方文化，五年后，因失学回国，接着入香港雅丽医院西医书院学医。其间，他和陈少白、尤列、杨鹤龄等人经常议论时政，抨击清政府，在当地颇有声名。

1883 年，孙中山到香港读书，有一次他到九龙去访友，途中遇见一个江湖郎中在卖假药，说得天花乱坠好似神丹，围观的民众被骗得团团转，孙中山唯恐大家受骗，便当众

词语百宝箱

投靠　抨击
天花乱坠

揭发了这个江湖郎中，说这些伪药会害人，民众就一哄而散了。

这个郎中极为愤怒，见孙中山还是个学生，便捡起一块石头，准备朝孙中山砸去，并对孙中山咆哮道："呸！臭小子，敢砸我的场子，信不信我将你的手脚打断！"

这时，孙中山身穿蓝布宽袖长衫，双手背在后面，巧的是右手正拿着半截甘蔗，情急之间，将甘蔗藏入袖内，举起手来对着这个郎中说："这有什么稀奇，看我先打碎你的脑袋，免得你再祸害人。"

郎中不知道孙中山究竟是什么底细，信以为真，一时间惊慌失措。经众人劝解，两人就此罢手。

孙中山在日本的时候，有位日本朋友邀请他和陈少白到他家聚会，还找了许多一流的艺妓来作陪，孙中山既不喝酒，也不谈笑，只坐在角落的柱子旁读书，日本朋友见他正襟危坐，就故意问他说：

"中山先生，你觉得在座的女子，哪一个最漂亮呀？"

孙中山头也不抬地说："都很漂亮。"

"但是其中谁最漂亮呀？"日本朋友继续问。

"都一样漂亮。"孙中山答道。

这时一位艺妓来到孙中山身旁，日本朋友故意挑逗他说："是不是这位最漂亮啊？"

这时大家的目光都集中在孙中山身上，孙中山终于抬起头来，对这位艺妓端详了一番，说："十年前一定比现在更漂亮。"

孙中山不仅风趣地化解了尴尬，还赢得了众人的掌声。

在十二次革命之中，孙中山屡败屡战。有次革命失败后，革命党人转移到上海重整旗鼓，准备寻找时机东山再起。其间，有一回有四个革命党员正在打麻将，被孙中山撞见了，大家十分惭愧，不知该如何是好。面对这样尴尬的场面，孙中山说："你们继续打吧，打麻将很像我们革命起义，这局输了没什么，可以期待下一局，这样可以永远充满着希望，永远充满着机会。"

1895年10月孙中山准备发动广州起义，因遭泄密而失败，流亡日本。后又从日本到美国，再到英国。1896年10月，他不幸在伦敦被清使馆诱捕，被捕期间，他受尽毒打，幸而在西方政府的干涉下得以脱险。之后，他在大英博物馆潜心研究西方政治、经济理论，逐渐形成三民主义思想理论。孙中山联合各革命团体成立"中国同盟会"，提出"驱逐鞑虏，恢复中华，建立民国，平均地权"的革命主张。

与此同时，孙中山筹集经费购买武器，回国起义，十年间他先后领导革命党人举行了八次武装起义。这些起义虽然都失败了，但沉重地打击了清朝腐朽的统治。1911年，武昌起义终于使清政府彻底垮台了。1912年1月1日，中华民国临时政府成立，孙中山就任临时大总统。

然而，革命成功的果实却被阴谋家袁世凯篡取，为了弥补这个错误，孙中山发动"二次革命"，组建中华革命党，发表讨袁檄文，终于将野心勃勃的袁世凯赶下了皇帝的宝座。

词语百宝箱

一哄而散　信以为真
正襟危坐　重整旗鼓
东山再起　野心勃勃

1922年，孙中山毅然接受共产国际和中国共产党的帮助，决心改组国民党。1924年1月，他在广州召开中国国民党第一次全国代表大会，通过宣言，实行"联俄、联共、扶助农工"三大政策，重新解释了三民主义，实现了伟大的转变，促进了中国革命的新发展。

1924年10月，冯玉祥在北京发动政变，电邀孙中山北上共商国是。为了宣传革命，实现国家统一，孙中山于11月抱病北上。由于多年从事革命活动，孙中山积劳成疾，1925年3月12日病逝于北京。

心灵絮语

孙中山的一生，是革命的一生，是奋斗的一生，是光辉的一生。他始终能够顺应时代潮流的发展，不断追求进步。他不愧为近代中国伟大的民族英雄、伟大的爱国主义者和中国民主革命的伟大先驱。

陆皓东宁死不屈

人｜物｜介｜绍

陆皓东，本名陆中桂，广东香山（今广东中山）人，“兴中会”的创始人之一。他为广州起义设计的“青天白日旗”是辛亥革命时期制定的第一面旗帜，后被国民党沿用为党旗。

陆皓东和孙中山是志同道合的战友。早在学生时代，陆皓东就十分痛恨帝国主义对中国肆无忌惮的侵略和清王朝的腐败无能。

词语百宝箱

志同道合
肆无忌惮

1893 年，陆皓东与尤列、郑士良等参加孙中山在广州广雅书局南园抗风轩召开的会议，酝酿创立革命组织——兴中会。

甲午战争结束，清政府与日本签订了丧权辱国的《马关条约》，民情愤怒，为革命带来了有利的客观形势。兴中会总部立即决定发动武装起义，夺取广州作为革命根据地。

经过几个月准备，10 月 26 日举行起义。起义的秘密被泄露，两广总督谭钟麟急调千余名官兵回城防范，同时派军警四处搜捕革命党人。陆皓东得到消息，立即通知所有同志迅速躲避，他却在冒险焚烧会员名单时被捕。

陆皓东被捕后，清朝广州地方官员对他严刑审讯，迫令他供出同党。他宁死不屈，当庭挥笔写下一篇痛斥清政府腐败专制、投降卖国的“供词”，并慷慨表示：“今事虽不成，此心甚慰。但一我可杀，而继我而起者不可尽杀。”始终未出卖一个同志。11 月 7 日，陆皓东英勇就义。

心灵絮语

陆皓东用生命缔造了一个可歌可泣的故事。孙中山称赞他是“为共和国革命而牺牲的第一人”。

邹容反清救国

人物介绍

邹容，四川巴县（今重庆）人，资产阶级革命宣传家、演讲家。他的著作《革命军》是一篇反帝反封建的战斗檄文，被章太炎称为“义师先声”，“中华共和国”的名称便是出于此书。

20 世纪初，资产阶级民主革命的思潮汹涌澎湃，席卷了中国大地，冲击着帝国主义和清政府，使他们的统治摇摇欲坠。在众多的革命宣传品中，有一脍炙人口的名篇《革命军》，它的作者就是自称“革命军中马前卒”的邹容。

> **词语百宝箱**
>
> 摇摇欲坠　脍炙人口
> 怒不可遏

邹容在国内读书时就树立了反清救国的志向。1902 年春天，他自费留学日本。一踏上日本的国土，邹容就深受留日学生中浓烈的革命气氛的感染。不久，邹容成为最受大家欢迎的爱国演说家、革命的吹鼓手。

一次，东京的留学生举行聚会。一个保皇分子散布的反对革命言论让邹容怒不可遏，他当即大喝一声：“够了，快滚下去！”随后，他登上讲台，以《掷笔而起》为题，表明了自己的政治观点：“如今洋人欺负我们，国家不得安宁，我们还能安下心来读书吗？所以我主张大家丢掉手中的笔，起来做拼死的斗争！”

“好个‘掷笔而起’，说下去！”人们纷纷喝彩。邹容深深地吸了一口气，说：“俄国人侵占我国的东北，我们当然要跟俄国人斗，但还要跟清政府斗。你们不信，请看朝廷近来做的每一件事，哪一桩不是奉洋人的命令？所以我说，俄国人坏，躲在紫禁城里的慈禧太后更坏。今天不起来起义，更待何时？”“哗！——”会场上掌声四起，倾向革命的学生顿时占了上风。沸腾的战斗生活，使邹容的民主革命思想日渐成熟。为了让更多的人能同情革命、理解革命、投身革命，邹容写了一部约两万字的书稿。这就是不朽的名篇《革命军》。

在《革命军》中，邹容向世人痛诉：中华民族已到了“十年灭国，百年灭种”的险恶境地，必须与清政府“相驰骋于枪林弹雨中”，扫荡帝国主义这个“外来之恶魔”，才能洗净“历史之污点”，使“祖国之名誉飞扬”。

《革命军》成了同敌人斗争的武器、冲锋的号角，它还教育和引导整整一代人，走上了革命的道路，是辛亥革命前夕最有影响力的文章。

1905 年 4 月 3 日，一个凄风苦雨的早晨，被关押在敌人监狱里的邹容在经受了百般折磨之后，口吐鲜血，离开了人世。

心灵絮语

邹容的一生虽然短暂，但他以自己生命的全部心血和热能，迸射出夺目的光芒，辉映后世。邹容和他的《革命军》世代受到人们的景仰和传诵，被载入中华民族不屈不挠斗争的史册中。

陈天华血书表志向

人 | 物 | 介 | 绍

陈天华，湖南新化人，中国近代民主革命家、革命烈士。陈天华一生致力于救亡图存，曾参与组织“华兴会”，辅佐孙中山筹组同盟会，为革命事业做出了不可磨灭的贡献。

“大江歌罢掉头东，邃密群科济世穷。面壁十年图破壁，难酬蹈海亦英雄。”

这是周恩来在赴日本留学前写下的一首诗，表达了他对蹈海英雄陈天华的崇敬和怀念。

陈天华是杰出的资产阶级革命宣传家，他写的《猛回头》《警世钟》两本小册子，是辛亥革命前夕资产阶级革命派最有影响力的宣传品之一，可以看作邹容《革命军》的姐妹篇。1905 年 12 月 8 日，年仅 30 岁的陈天华为了唤醒被称作“东方睡狮”的祖国和亿万苦难同胞，在日本大森海湾投海自尽，用自己的全部身心奏出了悲壮激昂的爱国绝唱。

1903 年春，正是日本和俄国争夺中国东北领土的时候，在日本留学的陈天华积极参加了拒俄反清组织。一天晚上，陈天华在寓所里回想起连日来的斗争场面，对帝国主义和清政府的切齿之恨使他无法平静下来，他不由得思念起湖南的父老乡亲。“我要让国人都了解国家面临的空前惨剧，从沉睡中醒来，共赴国难，决不能让可爱的祖国任人宰割！”这个念头一起，他猛地咬破手指，写下了“敬告湖南人”五个殷红的血字。一连几个夜晚，陈天华蘸着自己的鲜血和热泪，写了几十封血书，分别寄给湖南的各个学校。所有收到血书的人，都被陈天华的爱国热情深深感动了。

词语百宝箱

崇敬　绝唱
父老乡亲
任人宰割

但几十封血书的影响力毕竟太微弱了，陈天华于是决定写书，用老百姓都能接受的大众化语言，用群众喜闻乐见的民间弹唱形式，讲出深刻的革命道理，使大家既容易懂，又容易记住。陈天华只用了很短的时间，就写成了《猛回头》和《警世钟》。

心灵絮语

“要让国人都了解国家面临的空前惨剧，从沉睡中醒来，共赴国难，决不能让可爱的祖国任人宰割！”陈天华是我们的楷模！

詹天佑修建京张铁路

人|物|介|绍

詹天佑，祖籍徽州婺源，我国首位铁路总工程师，被誉为“中国铁路之父”“中国近代工程之父”。他在铁路设计中创设的“竖井开凿法”和“人”字形线路震惊中外。

1905年，修建北京到张家口铁路的消息传开了。英国和俄国都争着要修，因为他们知道这条铁路在中国的战略地位，掌握了它就能控制中国，双方争执不下，最后达成“协议”：中国如果不让他们修，他们就什么也不提供。他们以为中国人离开他们肯定修不成这条铁路。

1905年5月，詹天佑被聘为总工程师，主持修建京张铁路。一些外国人听了，公开讥讽道：“中国人想不靠外国人自己修铁路，就算不是做梦，至少也得五十年！”他们挖苦詹天佑出任京张铁路总工程师是不自量力，等着看中国人的笑话。

詹天佑下定决心，要为中国人争一口气。他说：“中国地大物博，而修路工程却要借助洋人，这是一种侮辱。中国人已经醒过来了，中国人要用自己的工程师、自己的钱来修铁路！”

京张铁路从北京到张家口，全长二百多公里，中间要经过层峦叠嶂、峭壁耸立的燕山山脉，特别是居庸关、青龙桥、八达岭等地区，地形十分险恶，工程量很大。

詹天佑背上标杆等仪器，骑着小毛驴，成天奔走在崎岖的荒山野地，实地勘测线路。他白天测量、赶路，晚上伏在油灯下绘图计算，一遍又一遍地勘察定线。

词语百宝箱

不自量力　地大物博
层峦叠嶂　接踵而来

工程开工以后，困难接踵而来。因为缺少机械，所有工作都得靠人力；沿途皇亲国戚的墓地不让通过，不得不求爷爷告奶奶，奔走呼吁；外国银行故意拖延工程款，造成经费接济不上；等等。詹天佑排除万难，一寸一寸地把工程推向前。铁路过了南口以后，共有居庸关、五桂头、石佛寺和八达岭四处隧道，总长度达一千六百四十五米，这是整个工程成败的关键。詹天佑发誓："一天不打通居庸关、八达岭的隧道，就一天不回北京。"

居庸关隧道打通了，接着要开凿八达岭隧道。两大艰险工程完工后，其他两座隧道也跟着顺利完成。

1909 年 7 月，京张铁路全线通车。这条原计划要用六年时间完工的工程，只用了四年，还节省了大笔费用。京张铁路是中国人自己设计、施工的第一条铁路，极大地鼓舞了全国人民的士气。

心灵絮语

面对列强对祖国的侮辱，詹天佑用实力捍卫了民族尊严，给了他们强有力的一记耳光。作为一名中国人，要努力为国效力，为国争光。

冯玉祥矢志抗战

人｜物｜介｜绍

冯玉祥，原名冯基善，安徽巢县人，西北军阀首领，以治军严、善练兵著名。冯玉祥是著名的抗日爱国将领，组建了察哈尔民众抗日同盟军，为抗日事业做出了不可磨灭的贡献。

冯玉祥家道清贫，自幼躬耕垄亩，饱历苦寒。甲午战争爆发后，他目睹了帝国主义列强恣意践踏祖国领土、蹂躏同胞的事实，在幼小的心灵里深深刻下了“勿忘国耻”四个大字。

冯玉祥驻防常德期间，鄙视那种依附外国、仰人鼻息、对帝国主义强权俯首低眉的“乞讨外交”，立志雪除国耻。当时，常德沅江上日舰常来常往，日本国旗飘于市内上空。冯玉祥不明所以：“这里既没有割让给日本，也没被日军占领，怎么好像是日本的租界呢？”派人查明才知，因日军士兵经常欺侮当地百姓，故悬日旗以求保护。冯玉祥十分愤怒，下令将日本国旗摘除撕掉，并禁止日商贩卖日本国旗。当时，因几名日军拒绝检查，打伤冯部执勤士兵。冯部士兵以刺刀相搏，亦伤日军士兵三人。日本军

词语百宝箱

躬耕垄亩　仰人鼻息
俯首低眉

舰“隅田”号舰长气势汹汹地找到冯玉祥，要他以日本军法惩处中国士兵。冯玉祥勃然大怒，脱下一只鞋就来教训日本舰长，说要“按中国军法”给这些忠于职守的士兵“赏个大功”，迫使日方向中国驻军赔礼道歉。

“九一八”事变后，日寇的野蛮侵略和蒋介石的不抵抗政策使冯玉祥受到很大震动。他通电公开谴责蒋介石的投降行径，提出关于抗日救亡的三项主张。并一度应各方恳请到南京，希望能规劝蒋介石改弦更张，共同挽救处于水深火热之中的国家，但是蒋介石、汪精卫对“一·二八”淞沪抗战的蓄意破坏让冯玉祥大失所望。他愤然离开南京前往泰山，另觅抗战途径。1933年，日军侵占热河，华北即将沦陷。冯玉祥在共产党人的帮助下，筹建察哈尔民众抗日同盟军。蒋介石、汪精卫得知，多次派人前来游说，均被冯玉祥严词拒绝。他率领十万同盟军驰骋抗日疆场，同日本侵略军血战，收复了不少失地。可是，蒋介石和何应钦竟调集重兵包围张家口，并勾结日寇大肆围剿这支抗日武装队伍，使冯玉祥处于腹背受敌的境地。冯玉祥抗日有“罪”，报国无门，被迫再次遁迹泰山。1935年11月，冯玉祥为顾全抗日大局，不计前怨，回到南京，为促成国共合作做了不懈的努力。他虽名为军事委员会的副委员长，实际上毫无实权，只不过是蒋介石点缀“抗日”的装饰品。

冯玉祥最恨投降派。1938年10月，他到武昌参加最高国防会议，会后与汪精卫、白崇禧在一起聊天。汪精卫问冯玉祥：“焕章先生，什么叫抗战到底？”冯玉祥回答说：“把所有的失地都收回来，不但东北四省，台湾和琉球各岛，都要还给我们，让日本帝国主义无条件地投降，这就是抗战到底。”接着他反问汪，“你喜欢这样吗？”汪精卫气得连叫：“做梦！做梦！”冯玉祥拍案而起，厉声说道：“做梦？你知道有人做梦是当主人，有的人做梦是当奴才！”这一骂真是淋漓尽致，大快人心。

词语百宝箱

改弦更张　水深火热
大失所望　报国无门
不计前怨　淋漓尽致
大快人心　认贼作父

汪精卫投敌叛国后，冯玉祥写了声讨汪精卫的《蜀道菜花黄》一诗，有力地鞭挞了这个民族败类认贼作父的无耻嘴脸。

抗战胜利后，冯玉祥因致力于国内和平民主事业，不能见容于蒋介石，便以考察水利专使的身份，赴美考察。在美国，他了解到蒋介石发动反革命内战的真相后，公开树起反蒋旗帜，揭露美蒋内战阴谋，联合进步人士成立“旅美中国和平民主联盟”。这些举动引起了国民党反动派的恐慌，对之愈加迫害。冯玉祥决心回到中国解放区去，把自己的归宿寄托在共产党领导的人民革命事业上。遗憾的是，当开国大典的礼炮响彻云霄、新中国的曙光即将洒遍大地时，冯玉祥竟与世长辞了。他对祖国矢志忠诚的赤子之心与人民永远息息相通。

心灵絮语

曾长期羁縻于军阀营垒的冯玉祥，最终能够下定决心跟着中国共产党走，成为坚强的民主战士，值得人们深深敬佩。

佟麟阁血洒卢沟桥

人|物|介|绍

佟麟阁，河北保定高阳人，曾参加过护国战争、北伐战争。佟麟阁是抗日战争中殉国的第一位高级将领。

1937年7月6日，日军驻丰台的清水节郎中队全副武装，要求通过宛平县城到长辛店地区演习。宛平第三十七师驻军不许，两军相持达十余小时。二十九军当即做了应变准备，严阵以待。至晚，敌始退去。7日夜间，日军一个中队突然向卢沟桥守军发起攻击。佟麟阁代军长立即命令三十七师一一〇旅旅长何基沣自卫还击。该旅吉星文团金振中营遂奋起抵抗。卢沟桥的枪声响彻了中华大地，全民族的抗战从此开始。

二十九军全体将士对日寇的猖狂进犯怒不可遏，争请杀敌；仅个别人徘徊于和战之间，犹豫不定。佟麟阁力排干扰，主张万众一心，痛歼日寇，守卫疆地。他在南苑召开的军事会议上慷慨陈词："中日战争是不可避免的。日寇进犯，我军首当其冲。战死者光荣，偷生者耻辱；荣辱系于一人者轻，而系于国家民族者重。国家多难，军人应当马革裹尸，以死报国。"与会者一致拥护，请缨杀敌，佟麟阁以军部名义向全军官兵发布命令："凡有日军进犯，坚决抵抗，誓与卢沟桥共存亡，不得后退一步。”

8日上午十时战斗稍停。十一时至十二时，日军两次向卢沟桥发炮一百八十余响，卢沟桥车站附近被敌军占领。敌人又由永定河东岸向西岸进攻，企图强夺卢沟桥。桥西金振中营守军一个排，顽强抗战，全排壮烈殉难，宛平城西门城楼某连长见之，满腔怒火，不待命令，即派兵一排，手持大刀，飞速驰援，一遇日军，举刀就劈，杀得日军魂飞魄散。当时《北平时报》登载一篇文章说：“佟副军长善治军。二十九军纪律严明，勇于作战。而于老百姓则秋毫不犯，佟将军训练之力也。当七七后，军士于烈日下守城，每一队前，置水一桶，用开水以止渴。商民感激欲泣，竞献西瓜，坚却不受。对老百姓恭而有礼，杀敌则勇猛无伦，堪称模范军人。”

7月12日，《世界日报》以《日贼侵犯宛卢，被我军击退；廿九军之大刀队大杀日贼》为标题，报道二十九军战果如下：

（一）11日，日军二百多名，进攻大王庙，被宋部大刀队迎头痛击，血肉相搏，此队日军被砍断头颅者三分之一，人心大快。

（二）日军新开到之援军，昨日图攻南苑（在北平南六公里，为中国空军根据地）。二十九军大刀队急向日军冲锋，相与肉搏，白刃下处，日军头颅即落，遂获大胜，日军向丰台退却。

（三）日军前锋，昨拟沿铁路桥攻过永定河。华军对河隐伏，不发一枪，迨日军行近，大刀队突起，挥刀大杀，日军头颅随刀而下。后路日军大乱，纷纷溃退，华军即用机关枪扫，日军伤亡无数，两军肉搏，历二小时之久。

二十九军大刀队从喜峰口战役到卢沟桥抗战，屡建奇功，赫赫有名。从事救亡运动的著名音乐家麦新（共产党员）为他们所感动，谱写出歌颂二十九军大刀队的战歌《大刀进行曲》。

词语百宝箱

全副武装　万众一心
肉搏　赫赫有名

11日，日本政府任香月清司为华北驻屯军司令。中日两军在卢沟桥一带战事不断。

此时，借口避往山东原籍的宋哲元返回天津后，受到日方压迫和汉奸包围，妄图和议，欲求苟全。佟麟阁目睹危机即发，急电致宋哲元，陈述利害，请其返平坐镇，免为津沽众人出卖。不料秦德纯等人与日方谈判签订了停战协定。宋哲元轻信秦等说日本决心把此次事件作为“地方化”“就地解决”的“不扩方针”，于12日发表了力主“和平”解决的看法和主张，承认了秦德纯所签订的停战三项协定。19日，宋哲元由天津返回北平后，仍幻想和平，竟下令打开封闭的城门，撤除防御沙包等。佟麟阁力劝不可，说：“军长苟有不便，请回保定，以安人心。平津责之麟阁。如敌来犯，我决以死赴之，不敢负托。”宋从佟请，决心抗敌，于是急调赵登禹师星夜来北平增强防务。

27日，宋哲元通电表示：日人欺我太甚，不可再忍，拒绝日方一切无理要求，为国家民族生存而战。并令南苑二十九军军部迁入北平。佟麟阁在生死存亡关头，不愿离开，决心与南苑官兵和军事训练团的学员、大学生军训班的学生等一同死守南苑，而由副参谋长张克侠带领军部人员进城。

同日，敌人由廊坊进犯团河，由通县、丰台调集陆、空军于28日进攻南苑。当时南苑守军只有二十九军卫队旅、骑兵第九师留守的一部、军事训练团、平津大学生军训班等五千余人。佟麟阁誓死坚守，他说：“既然敌人找上来，就要和他们死拼，这是军人的天职。没有什么可说的。”日寇集中火力，钢步炮射击、飞机狂炸，战斗激烈。守军虽炮械设备远不及日军，士气却异常高昂，战斗由拂晓至过午，双方伤亡惨重。战斗中忽报大红门发现敌人。佟麟阁恐敌人截断北路，于是分兵亲自前往堵击。因寡不敌众，部队被敌军四面包围，只能利用地形，继续与敌军苦战。佟麟阁在指挥右翼部队向敌军突击时，被敌军机枪射中腿部，部下劝他回去包扎伤口，他说：“情况紧急，抗敌事大，个人安危事小……”执意不肯，仍然奋勇当先。官兵们很受感动，拼命冲杀，战斗非常惨烈。日军见久攻不下，便派飞机前来助战，在敌机的狂轰滥炸中，带伤指挥作战的佟麟阁头部又受重创，最终壮烈殉国，时年四十五岁。

词语百宝箱

苟全　生死存亡
奋勇当先　狂轰滥炸

心灵絮语

正如宋哲元通电中所说，用生命“为国家民族生存而战”，佟麟阁将军的英勇事迹值得我们永远铭记。

吉鸿昌抗日救国

人|物|介|绍

吉鸿昌，原名吉恒立，著名抗日英雄、爱国将领。2014年，民政部公布了第一批三百名著名抗日英烈和英雄群体名录，吉鸿昌赫然在列。

1895年，在河南省扶沟县吕潭镇一家吉姓小茶馆的后院里，一名男孩出生了，这个男孩就是吉鸿昌。对于鸿昌的父亲吉筠亭来说，添丁进口是件喜事，可又多了张吃饭的嘴。吉鸿昌好不容易熬到了十八岁，恰好冯玉祥在河南招兵，于是报名参军，从此开始了他的戎马生涯。

吉鸿昌自幼即以岳飞、文天祥等为榜样，在后来的行伍中待人诚恳，吃苦耐劳，恪守军规，骁勇善战，有“吉大胆”之称，他率领的部队则号称“铁军”。1930年，吉鸿昌被提拔为国民军第二十二路军总指挥。当时正值北伐战争之后，日本帝国主义对中国虎视眈眈，可是国民党借口“攘外必先安内”，拼命剿杀共产党。这时吉鸿昌奉命攻打鄂豫皖苏区，他在前线化装成小炉匠进入苏区，亲眼见到共产党的真实情况，茅塞顿开，并为自己立定了目标：“投错了门路，就拔出腿来！”于是准备率部起义。不料蒋介石得到密报，很快解除了吉鸿昌的兵权，以“考察”的名义将他驱逐到国外。

就在吉鸿昌出国前夕，“九一八”事变发生了，他听到这一消息“发指眦裂”，声泪俱下地说：“国难当头，凡有良心的军人都应该誓死救国！”坚决要求留在国内，与日本帝国主义血战到底。但蒋介石无动于衷，依然逼令他出国。满怀悲愤的吉鸿昌无奈，只好在上海下榻的旅馆墙上，留下了“但使龙城飞将在，不教胡马度阴山”的诗句，以明自己的心志。

赤心爱国的吉鸿昌在美国受尽了歧视，有人告诉他，说自己是日本人，就可以受到礼遇。吉鸿昌怒不可遏，说：“你觉得当中国人丢脸，我觉得当中国人光荣！”为此，他特意做了一枚木制胸卡，上面用中文写着：“我是中国人！”随时随处佩戴，直面那些看不起中国人的人，用中华民族的自尊向美国的种族歧视发起挑战。

吉鸿昌在国外到处宣传抗日，一次在记者招待会上有人问他：“日本有飞机大炮，中国凭什么抗日？”他拍着胸脯愤然回答道：“我们有热血，有四万万人的热血！中国人的愤激已经达到了极点，莫不抱有‘宁为玉碎，不为瓦全’的决心。誓愿牺牲一切，为生存而战！为真理而战！”到了古巴首都哈瓦那，正值那里的华侨集会，纪念孙中山诞辰六十五周年，他应邀在会上做了慷慨激昂的抗日演讲，许多人热泪盈眶。一位华侨高声说：“吉将军，你快回国，把军队整顿起来吧，我们一定做你的后盾！”吉鸿昌激动地说：“我一定不辜负同胞们的期望，誓死把日本帝国主义者赶出中国！”说罢泪如雨下，振臂高呼，“打倒日本帝国主义！还我河山！”这时，到场的侨胞也放声痛哭，高喊：“牺牲一切，奋斗到底！”

词语百宝箱

诚恳　吃苦耐劳　虎视眈眈
声泪俱下　血战到底
宁为玉碎，不为瓦全

1932年淞沪抗战爆发，吉鸿昌闻讯提前回国。船到上海，他看到日本军舰正在攻打吴淞炮台，而国民党的军舰不还一枪。吉鸿昌在甲板上顿足高呼：“放炮啊！放炮啊！”然后对周围的人说，“看！我们的数百万同胞就在那炮火里！”说罢失声痛哭。到了南京，他再次向蒋介石请缨抗日，可是蒋介石让他在上海办实业，他愤懑至极，抗议说："我是军人出身，军人的天职是卫国杀敌，不是发财！"

报国无门的吉鸿昌只好采取独立行动，潜至湖北发动旧部起义，蒋介石派兵追击。在万不得已的情况下，吉鸿昌进入苏区；后由苏区至上海，再由上海北上天津。不久即与中国共产党在天津的地下组织取得联系，并于 1932 年 11 月加入了中国共产党，从一名旧军人转变为伟大的共产主义战士。

为了实现抗日救国的誓愿，1933 年 5 月吉鸿昌变卖家资，购置武器，联合爱国军人冯玉祥等，在张家口组织起察哈尔民众抗日同盟军，发表"外抗暴力，内除国贼"的声明，并一度收复了张家口以北的大片土地，把日伪军队赶出了察哈尔省。其间他即兴作诗说："有贼无我，有我无贼。非我杀贼，即贼杀我。半壁河山，业经改色。是好男儿，舍身报国！"天津各界抗日联合会得到抗日同盟军胜利的消息，立即派人赴前线慰问。后来，由于蒋介石想方设法破坏抗日同盟军的爱国行动，吉鸿昌因弹尽粮绝失败。

吉鸿昌潜回天津后并不灰心，又在天津组织了中国人民反法西斯大同盟，在法租界花园路五号家中的三楼购置印刷设备，印刷出版宣传抗日的刊物《民族战旗》，后又改名为《华北烽火》《长城》，继续从事抗日活动。

然而蒋介石并未因此而放松对吉鸿昌的迫害，严令特务机关不惜一切手段除掉吉鸿昌。这时的吉鸿昌处境已十分危险，党的地下组织要他撤离；但吉鸿昌考虑到有许多工作还要在天津继续进行，于是先把家眷转移到英租界的牛津别墅，自己则居住在法租界国民饭店或惠中饭店。1934 年 11 月 9 日，国民党特务勾结天津法租界当局，在国民饭店刺杀吉鸿昌未遂，将他逮捕。先由法国工部局引渡到天津警察局，不久押往河北蔡家花园五十一军的军法处。审讯时吉鸿昌正气凛然、义正词严地说："我抗日，是打鬼子、救中国！我做地下工作，是为中国人民求解放！我早已把

词语百宝箱

愤懑　天职　弹尽粮绝
凛然　义正词严

生死置之度外，想用审讯吓住我，你们想错了！”

几天后，吉鸿昌又被押解到北平旃檀寺陆军监狱，蒋介石密令将他就地处决。11 月 24 日军法官到狱中向吉鸿昌宣布判处死刑的命令，吉鸿昌神态自若，他向监刑官索要纸笔，给妻子胡红霞写了一封遗书，安排后事：“红霞吾妻：夫今死矣，是为时代而牺牲。人终有死。我死，你也不必过度伤悲，因还有儿女得你照应。家中余产，不可分给别人，留存教养子女等用。我笔嘱矣。小儿还是在天津托喻先生照料上学，以成有用之才也。家中继母已托二、三、四弟照应教（孝）敬，你不必回家可也……”

行刑前，三十九岁的吉鸿昌以地做纸，枯枝为笔，写下了一首感天动地的绝命诗：“恨不抗日死，留作今日羞。国破尚如此，我何惜此头！”然后喝令执行官：“给我搬把椅子来！我为抗日而死，死得光明正大，不能倒在地上。”他坐定以后，又喝道，“我为抗日而死，一生光明磊落，不能在背后开枪！”执行官问他：“那你打算怎么死？”吉鸿昌厉声说道：“在我面前开枪！我吉鸿昌要亲眼看着你们是怎样把我打死的！”然后高呼，“中国共产党万岁！抗日胜利万岁！”

如今，坐落在花园路的吉鸿昌烈士故居已成为天津市的文物保护单位。在吉鸿昌诞辰一百周年之际，相关部门在故居对面的一块泰山石上树立起吉鸿昌将军跃马横刀的青铜雕像。这一切，作为我们民族的灵魂和骄傲，将永远保存下来，供世人瞻仰。

心灵絮语

这样一位抗日民族英雄，没有死在日本人的枪口之下，而是死在了同胞手中，引发了我们太多太多的历史哀痛与沉思。

张自忠忠勇为国

人|物|介|绍

张自忠，字荩忱。1891年8月出生于山东省临清县唐园村。1914年初，忧愤国事，投笔从戎，历任排长、连长、营长、旅长、师长等职。抗日战争时期，任国民党三十三集团军总司令兼右翼兵团总司令。

张自忠1917年入冯玉祥部，历任营长、团长、旅长、师长等职。1931年后任第29军第38师师长。1933年参加长城抗战，任喜峰口第29军前线总指挥，打退了日军，守住了阵地。全国抗战爆发后，先后任国民党军第59军军长、第33集团军总司令兼第五战区右翼兵团司令等职。

1938年3月，日军进犯台儿庄，张自忠奉命率第59军急行军增援台儿庄作战，为整个战役胜利赢得了时间。

词语百宝箱

搏杀　壮烈

1940年5月，中国军队与日军15万精锐部队在枣阳、襄阳、宜昌等地进行枣宜会战。张自忠亲自率领部队与敌寇决战。在部队被敌层层包围的不利态势下，他身先士卒、冲锋在前、力战不退，与敌寇拼死搏杀，最后身中7弹，壮烈殉国。

弥留之际，他留下最后一句话："我力战而死，自问对国家、对民族、对长官可告无愧，良心平安！"

心灵絮语

张自忠将军为国家为民族不避艰险、不惜牺牲的勇气和精神可歌可泣，令人敬佩，他的忠勇形象将永远留在祖国人民心中。

方志敏坚贞不屈

人｜物｜介｜绍

方志敏，江西弋阳人，江西党组织的重要创始人，创建了闽、浙、皖、赣革命根据地。2009年，方志敏被中央宣传部等部门评为：“100位为新中国成立做出突出贡献的英雄模范人物”。

中央红军开始长征以后，方志敏担任了中国工农红军北上抗日先遣队随军政治委员会主席。

1935年1月，组成北上抗日先遣队的红十军团在通过怀玉山封锁线时陷入敌人的重围之中，部队被敌人截成了两截。方志敏率领的八百余人冲出了包围圈，却发现大队没有跟上来。作为主要领导的方志敏提出要去寻找被围的部队，另一位负责人说：“你是主要领导，还是让我去吧！”方志敏说：“不行！我没有理由留在这里，我要把战士们带出来！”

方志敏毫不犹豫，不顾个人安危，又一次进入敌人的包围圈，找到了大队人马。可是，大队人马已经被敌人的十四个团重重包围着，情况万分危急，敌人见人就杀，见粮就抢，见房就烧。红军被包围在荒山僻野之中，没有吃的，只能采集野菜充饥，后来连野菜也采集不到了，只得忍饥挨饿一次次突围。

经过与敌人激烈的搏斗，部队只剩下八十多人。方志敏已经七天没吃过东西了，饿得两腿站不住。他带领战士们翻山越岭，鼓励战士们说：“吃不得苦，革不得命。苦算什么，越苦越要干！”

突围无望。天亮的时候，方志敏命令机要员把文件和密码烧掉，说：“党员无论什么时候都要保守党的机密。”有的战士有些灰心，方志敏说：“我们只是一支小部队，红军主力还在，胜利仍然是我们的。共产党是永远也打不垮的！”有个战士建议方志敏化装到白区躲避一阵，方志敏摇摇头拒绝了。

1935 年 1 月 24 日，由于叛徒出卖，方志敏在皖、浙、赣交界处的陇首村不幸被捕。国民党反动派认为抓住了方志敏是“剿共”的一个重大胜利，要在上饶举行一个“庆祝大会”。他们把戴着手铐、脚镣的方志敏带到了台上“示众”，方志敏昂首挺立，正气浩然。上饶的劳苦大众看着不幸落在国民党手中的方志敏，心情十分沉重，许多人低下了头，暗暗落泪。

敌人军官气焰嚣张，在台上喊起了反共口号。但台下无人响应，这激怒了那个军官。他把手枪“啪”的一声扔在桌子上，怒吼着：“谁不喊就抓起来！”台下仍然一片沉默。方志敏感到一种莫大的欣慰，老百姓心向着革命。“庆祝大会”草草收场了。

> **词语百宝箱**
>
> 荒山僻野　翻山越岭

敌人要把方志敏押送到南昌，途中要经过方志敏的家乡弋阳县。敌人又要在弋阳开一个“庆祝大会”。可是，愤怒的弋阳百姓个个手拿锄头、木棍、扁担，聚集在公路两旁，准备抢回他们敬爱的领袖方志敏。敌人哪敢开什么大会庆祝，慌忙把方志敏押进装甲车，惊慌逃走了。在南昌的一个公园里，敌人又要召开一个“庆祝生擒方志敏大会”。公园里军警如林，警备森严。方志敏戴着手铐、脚镣，镇定自若地向群众高声说道：“同胞们！我很高兴能和大家见面。我们中国外受帝国主义侵略，内受贪官污吏剥削统治，国将不国，民不聊生。”敌人没有想到，他们精心策划的“庆祝大会”竟然成了方志敏宣传革命的演讲大会，赶紧下令：“快！快把他拉下去！”

方志敏趁着敌人手忙脚乱，继续大声喊道：“希望你们继续我未完成的事业，努力奋斗！”

从上饶到弋阳，再到南昌，敌人的三次“庆祝大会”都没开成。

蒋介石获悉方志敏被抓到了，立即密令国民党江西省党部千方百计劝降方志敏。国民党江西省党部的头子俞伯庆对方志敏假惺惺地说：“蒋委员长很想重用你，你为什么不早点儿过来呢？”

方志敏听了，鼻子哼了一声，说：“蒋介石算什么东西！”

俞伯庆又说：“你们不是失败了吗？”

方志敏坚定地说：“不！我们在军事上暂时失败了，但在政治上并没有失败。我可以告诉你们，我们永远不会失败！”

俞伯庆劝降不成，敌人军法处长又来与方志敏“谈话”。他叫手下搬来一个凳子，又搬来一把椅子。军法处长好像推心置腹似的对方志敏说：“方先生，我忠告你，你们既然已经一败涂地，何必钻牛角尖？像你这样杰出的人才，国民党会给你高官厚禄的。”

方志敏打断他的话，说：“共产党人信仰共产主义，将功名利禄视如粪土。”

“方先生，信仰要实现，得几百年。何必当傻子，识时务者为俊杰。”军法处长见方志敏没有吭声，又把话锋一转，说，“方先生，你知道你们那个孔同志吧！他现在在我们这里是少将参议，春风得意着呢！”

方志敏一听姓孔的，非常愤怒，站起身来厉声说道：“他是无耻的叛徒，我决不会像他一样。革命者宁可被敌人残杀，绝不投降敌人，要我屈膝投降，休想！”

弋阳县长、还有一个教过方志敏的乡绅，也都带着水果、点心来劝降。方志敏回答他们："让我投降？休想！你们只能砍下我的头颅，决不能动摇我的信仰！"

劝降失败了，敌人露出了豺狼的凶相，他们残酷地折磨着方志敏。给方志敏吃霉米饭，里面都是稗子、谷壳和沙石。一天洗漱、饮用只给两碗水，牢房里黑暗潮湿，老鼠到处跑，臭虫爬满墙，虱子满被褥。方志敏本来就患有肺病，残酷的折磨使他的身体越来越衰弱。敌人还不断用酷刑摧残方志敏，用皮鞭抽打、坐老虎凳、灌辣椒水。方志敏忍受着巨大的痛苦，毫不动摇，没有透露一点儿党的机密。

敌人黔驴技穷，没有办法对付方志敏了，就拿来纸和笔，让他写"口供"。方志敏被捕后一直想写点儿东西，就利用这个机会，埋头写了起来。他知道，给他的时间不会太长了，敌人总会下毒手的。

词语百宝箱

手忙脚乱　假惺惺
推心置腹　春风得意
黔驴技穷

在牢房里写作的艰难可想而知，方志敏又重病在身，写不了一会儿就头晕。他咬牙坚持，一字一字地写。实在不行了，就停下来喘口气。就这样，在极为艰苦的条件下，方志敏饱含激情和对党的忠诚，在敌人牢房里写下了传世之作：《清贫》《可爱的中国》《狱中纪实》等作品。书稿写成了，可是怎样才能带出监狱交给党组织呢？

有一个狱卒非常佩服方志敏，经常和方志敏聊天，方志敏多次给他讲革命的道理。没有别的办法，方志敏就求这个狱卒把书稿带出监狱，先送交鲁迅先生，再请鲁迅先生转交给党中央。狱卒接过方志敏的书稿和给党中央的一封信，跪在地上哭着说："先生，我也是穷人家的孩子，知道你是为穷人革命的好人。你放心吧，我就是提着脑袋也要把你的东西送到。"

1935 年 8 月 6 日，南昌城里军警满街，交通中断，小商小贩也都被赶走了。

看守端来了早饭，不是往日的霉米饭。方志敏知道敌人要下毒手了，他吃了个饱，他太饿了。

要上刑场了，方志敏最后看了一下牢房，挨个和铁栅栏里伸出手的难友们告别。

难友们含着热泪说："永别了，方志敏同志。"

方志敏微笑着说："同志们，永别了，早日出去干革命！"

天下起了雨，囚车穿过戒备森严的南昌城。方志敏向窗外的老百姓挥了挥手，有人认出了他，不禁掉下了眼泪。刑场上三步一岗，五步一哨，方志敏挺胸昂首。敌人让他转过身去，方志敏笑着说："我都不怕，你们怕什么？我要看看你们的子弹是怎样射穿我的胸膛！"

刽子手的手哆嗦了，扳不动机枪。方志敏望了望烟雨蒙蒙的天空，最后看了看他那可爱的祖国大地，挥起右臂，用尽全身的力气高喊："打倒帝国主义！共产党万岁！"

方志敏同志英勇牺牲了，年仅三十五岁。

心灵絮语

方志敏对革命事业忠心耿耿，保持了一名共产党人的政治本色和革命气节。他身上体现出的崇高品格和浩然正气动人心魄。

马本斋英勇抗日

人物介绍

马本斋，原名马守清，河北沧州献县人，共产党员。马本斋是抗日战争时期八路军冀中军区回民支队创建人，他英勇善战，威名远扬。

马本斋出生在一个贫寒的回民之家，小时候常听母亲讲“岳母刺字”“苏武牧羊”“花木兰从军”等故事，非常钦佩古代精忠报国的英雄。

卢沟桥事变后，日本侵略军很快侵入马本斋的家乡，烧杀淫掠，无恶不作。马本斋随即在家乡组织回民抗日义勇队，奋起抵抗日本侵略军。1938 年 4 月，他率队参加八路军，所部改编为冀中军区回民教导总队，任总队长。他指挥这支部队在敌后袭击敌人、拔除据点，屡建奇功。

1940 年初，八路军回民支队发展到两千多人，在马本斋的指挥下，取得了一系列战斗的胜利。日联队长山本见武力征服不了马本斋，就改换手法，抓走了马本斋的亲属，然后诱降、劝降、逼降。母亲被抓了，她痛斥敌人：“狗强盗，别做梦了，我是中国人，我生养的孩子是中国人，我儿子当八路军是我让他去的。劝降？那是妄想！”母亲绝食七天，壮烈牺牲。冀中军民闻讯，无不感动。马本斋抑

词语百宝箱

奇功　痛斥

制住心头的悲痛和怒火，奋笔疾书：“伟大母亲，虽死犹生，儿承母志，继续斗争！”他没有流泪，而是把仇恨化作无尽的力量，凝聚在杀敌的刀枪上，更加英勇地为祖国、为人民的解放事业而战斗。

由于长期艰苦作战，马本斋积劳成疾，不幸于1944年2月病重去世。

心灵絮语

马本斋母子二人都是抗战英雄，都是每个中国人应当学习的楷模，他们永远活在人们心中。

杨靖宇视死如归

人｜物｜介｜绍

杨靖宇，原名马尚德，河南确山人。他从学生时代就积极投身于反帝爱国运动中，是我国伟大的无产阶级革命家、军事家、著名抗日民族英雄。

杨靖宇是东北抗日联军的创建人和领导者，他率部长期辗转东、南满大地，打得敌人心惊胆战，威震东北，为全国的抗日战争做出了重大贡献。日伪军连遭打击后，加紧了对东北抗日联军的军事讨伐、经济封锁和政治诱降，同时对杨靖宇悬赏缉捕。在极端艰难的条件下，杨靖宇以“头颅不惜抛掉，鲜血可以喷洒，而忠贞不二的意志是不会动摇”的崇高气节，继续坚持战斗。

> **词语百宝箱**
> 心惊胆战
> 讨伐　缉捕

1939年冬，杨靖宇率领抗联第一路军在临江一带，冲破敌人十一个军管区兵力形成的包围圈，歼灭几千名日伪军，转至东部山区。

一天晚上，杨靖宇带领十人前去濛江东边一座大森林与友邻部队的干部磋商反“围剿”的部署。因为叛徒出卖，他们被敌人围困在林子里。

他们在密林深处待了两天。其间，白天，他们一起拾柴火、烧水、煮干粮；晚上，杨靖宇就给战士们讲革命故事，他还利用空闲时间，拿着他那支已被削得很短的三色铅笔，在本子上写诗歌、日记。虽然带在身边的书籍在上次的战斗中丢失了，杨靖宇却一直保持着学习的好习惯。

晚上，两个警卫员趁黑从伐木队弄来了敌人的一头骡子，回来之后就用捡到的一个铁筒煮着吃。几个月来，雪、树皮和草根已经把战士们的胃搞坏了，因此大家吃了白水煮骡肉后都拉起肚子来。两天之后，大家确实吃不下了。杨靖宇一边鼓舞战士们继续吃，一边将扯下的一根骡子肋骨放到火上烤。烤熟后吃了两口，对战士们说："大家可以试着这样烤着吃。"

大家就一边学着杨靖宇的样子烤骡肉吃，一边听杨靖宇讲他曾在监狱中五天五夜没吃饭的事。杨靖宇风趣地说："将来胜利了，可不能忘记这顿烤肉啊！"

就在这时，敌人的飞机开始在密林上空盘旋、扫射，还撒下雪花般的传单。杨靖宇捡起一张，上边写道："……投降吧，你们跑不出去了，投降就可以吃上白面、大米……"杨靖宇轻蔑地一笑，将传单揉成一团，狠狠地扔在雪地里。

敌人在中午时分包抄了上来。他们运用"篦梳""拉网"战术，一棵树一棵树地向前搜。杨靖宇和战士们边战边撤，又有四个战士受伤了。

杨靖宇命令四个受伤的战士回去投靠可靠的老乡家，然后找机会和大部队联系；自己则带领两个战士继续向前去和友邻部队取得联络。由于敌人的兵力都向前集中了，因此向前走会很危险，向后走则比较安全。杨靖宇毫不犹豫地扛起了危险的担子。

杨靖宇在分手前与四个战士分别握手。他消瘦的脸庞，十分坚定；浓黑的眉下，晶莹的眸子闪耀着光芒；浓密的胡子茬上结了一层晶莹的冰花。他信心十足地说：

"同志们！我们要为了革命坚持到底。革命终将胜利！我们要宁死不屈！"

"打倒投降派！"

"宁死不屈！"

四名战士在杨靖宇的嘱咐下，带着对敌人和叛徒的仇恨，带着对战友的不舍出发了。杨靖宇看到他们走远之后，就带领两个警卫员往密林深处走去。他们在风雪弥漫、零下四十多摄氏度的大森林里与敌人相持了三天三夜。寒冷、饥饿时时刻刻折磨着他们。为了伟大的革命，为了抗战，饿了，他们就吃草根、树皮；渴了，就吃雪。他们以坚强的革命意志与敌人搏斗着。

敌人从叛徒的密告中得知他们围追堵截的正是令他们日夜不宁的杨靖宇，便像发疯的野兽一般拼命地追赶。

1940 年 2 月 23 日早晨，杨靖宇边打边走，来到了濛江县的保安屯周围。五天前两个警卫员一个负了重伤隐蔽在山洞里，一个英勇牺牲。杨靖宇却在这时被敌人的一个探子发现了，敌人很快便扑了过来。他们见杨靖宇孤身一人，便在四周用破锣嗓子高喊："杨靖宇，投降吧，投降之后能让你做东边道司令！"

杨靖宇无所畏惧地用双手拔出两支短枪，同时射向敌人，一下打倒十多个敌人，剩下的敌人都吓得趴在地上乱开枪。杨靖宇趁此机会，连忙撤向河边。蹚过小河后，他正想要往北走，北边山上却出现了敌人；想往西南走，这边的敌人也正在拥过来。杨靖宇只得以一棵大树为掩护，双枪不断地射击敌人。

敌人将他团团围住，从四周向他喊话：

"你出不去了，投降吧！投降就让你做大官！"

杨靖宇听后愤怒异常，他高声喊道："为伟大的革命牺牲毫不可惜，共产党人宁死不屈！"

杨靖宇独自和几百个敌人对抗了一个多小时，敌人一批批地在他面前倒下。他们恼羞成怒，疯狂地向杨靖宇射击。

词语百宝箱

信心十足　风雪弥漫
围追堵截　日夜不宁
无所畏惧

最后，杨靖宇已伤得很重，只剩下最后一颗子弹。他傲然站立在大树旁，抬头挺胸，望向天空，好像在遥望革命圣地延安。他深情祝愿中国革命在党的领导下能够早日成功。之后，他怒扬双眉，圆睁大眼，举起健壮的双臂，用全部的生命和浑身的力气喊道："革命胜利！成功万岁！中国共产党万岁！抗日联军万岁！"

这喊声掩盖了敌人的喧嚣，回响在密林上空，直冲云霄。杨靖宇同志为了世界上最壮丽的事业，为了中华民族的解放，为了党和人民献出了自己宝贵的生命。

心灵絮语

杨靖宇将军的一生是战斗的一生，是革命的一生，是辉煌的一生。他以英勇的气概，在亿万人民心中树起了不朽的丰碑。

赵一曼献身革命

人 | 物 | 介 | 绍

赵一曼，原名李坤泰，四川宜宾人，伟大的共产党员，著名的抗日民族英雄，被尊称为“白山黑水”民族魂。

1935年10月，红军长征取得胜利，来到了陕北。这年的12月，中国共产党在陕北瓦窑堡召开了中央政治局会议，决定建立抗日民族统一战线。中共满洲省委在党中央的命令下，把东北人民革命军、抗日游击队统一改编为东北抗日联军，以此迎接抗日高潮的到来。赵一曼被组织调任为抗日联军第三军第二团的政治委员。

北方的冬天，滴水成冰，草木凋零，绵延几百余里的群山被冰雪覆盖着。寒风刺骨，雪花在树林中飞旋着、咆哮着。

一天晚上，赵一曼与王惠同率领部队，在白雪茫茫的山林之中露营。他们找到一个避风的地方，燃起了六堆篝火。火堆旁围满了战士，他们一个紧挨着一个地睡着了。

这时，树林外突然传来“啪啪！——啪！”的枪响声，惊醒了火堆旁边的战士们。王惠同一下子站了起来，沉着地指挥道：“赶快占领山头，准备战斗！”

敌人很狡猾，仗着人多从四面摸了上来，朝着火堆那儿步步逼近。赵一曼与王惠同先让战士们在附近的两个小山头上集中重武器，紧接着又命令他们在火堆后面的树丛中埋伏下来。

敌人一连进攻了五六次，都被抗联战士击退了。直至第二天傍晚，枪声才渐渐变得零落。

赵一曼在一块大石头的后面趴着。她认真观察着敌人的动静，并告诉王惠同："形势十分危急，从四周的火堆可知，敌人的数量一定比我们多很多。目前，我们没有多少子弹了，必须赶紧在天亮之前突围出去。"

"行，立刻组织突围！"王惠同赞成道。

"我来掩护，"赵一曼说，"伤员要即刻隐匿到后面的山洞去。你留一个班给我，我在这里抵挡敌人的进攻。你领着部队从西北突围出去，能打便打，不能打也能保存力量！"

"不行！"王惠同坚决不同意，"你是女人，不能把你留下来！"

赵一曼生气地说："你只知道我是一个女人，却忘了我也是一名同志！我们要保存力量，维护党的利益，别再争论了！你对路更熟悉，由你带领部队突围出去吧。"

王惠同知道没有其他的选择了，只好说："好吧。我们突围出去之后，会立即从外边对敌人进行夹击，到时候你就趁机率队撤退。我们在帽顶儿山会合。"

没多大会儿，突围部队就被敌人发现了。瞬间，西北方向响起了密集的枪声。为了对敌人加以牵制，赵一曼指挥机枪手对敌人展开一阵猛攻。部分敌人很快就掉转枪头，朝赵一曼一队人猛扑过来。敌人的几十挺机枪交叉横扫过来。岩石被子弹打得火星乱迸，石片纷飞。石块被手榴弹炸起，宛如冰雹一样跌落到地上。枪声和手榴弹的响声连成了一片，把整个山林都晃动了。

赵一曼正要命令战士们掉转枪头，忽然，一颗炮弹在她的旁边落了下来。

她只感到肩头一热，便跌倒在了地上。此时，敌人已经狂叫着一拥而上。赵一曼努力从地上爬起来，把最后一颗手榴弹拉响投向了敌人。而后，她向着那黑沉沉的山谷跳了下去……

不知过了多长时间，赵一曼终于醒了过来。

这时候，雪已经停了。星星无声地钻出云层，一闪一闪地窥视着白雪皑皑的大地。赵一曼察觉到自己正在冰冷的山沟里躺着，周围遍布着同志们的尸体。她很忧虑，不知道王团长有没有成功突围。她抬头向四周望去，前面到处是敌人点燃的火堆，密密麻麻地闪着光芒。

赵一曼顾不上伤口的疼痛，试着往旁边爬去。但不幸的是，她被敌人发现了。敌人将赵一曼绑到大车上，押解到珠河县伪公署。

在西村的办公室里，纸、墨、笔、砚摆在办公桌上，几个肥头大耳的日本军官坐在桌子的后面。

词语百宝箱

滴水成冰　隐匿
牵制　白雪皑皑
押解

“押进来！”西村叫了一声。

赵一曼在桌前站着，不由得冷笑了几声。

西村被那轻蔑的笑声激怒了，他往桌子上猛击了一下，叫道：“你的，不投降，死啦死啦的！”

赵一曼朝西村大声说道：“我不怕死，我是不会出卖同志的！我倒要看看你们还有哪些手段！”

“你的，太顽固！”西村挥拳又猛击了一下桌子，问，“你究竟姓什么？叫什么？”

“我早就告诉你了，我叫李映辉。”

“不是，不是，”西村摇晃着光秃秃的脑袋，“这个不是你的名字！你的真实姓名并不是这个！”

“既然你已经知道我姓什么、叫什么，为什么还要问我？”

“该死的！”西村猛然站起，一只手按着腰间的佩刀，一只手指向赵一曼骂道。

“有什么本领尽管使出来吧！”赵一曼毫无惧色，往前走了一步。西村呆愣了一下，一下子跌倒在椅子上。

恫吓、审讯，再一次失败了！

西村等人经过一番商议，决定把赵一曼押到哈尔滨。

警察厅厅长林宽重早已在那里等候。这是一个摇头摆尾、口蜜腹剑、专门出坏主意的家伙，人们给他起了个绰号——林大头。见赵一曼被推了进来，林宽重立即把烟蒂扔了，狞笑着从转椅上站起，假心假意地迎上前去。

“噢，你就是赵一曼，欢迎，大大地欢迎！”他边说边顺手拿过一把椅子，“坐！坐！”

赵一曼极力忍受着右腿伤口的疼痛，坚强地站在那儿。

“你为什么这么固执呢？年轻人往往因此而吃亏！”林宽重一点儿都不介意，又倒了一杯香茶，“请！请！”

“要杀便杀，没什么可谈的！”赵一曼早已看透了这套把戏。

林宽重晃着脑袋，用中国话流利地说道：“你还年轻，作为一个中国人，你很了不起，但你要好好地生活。”

词语百宝箱

呆愣　恫吓
摇头摆尾
自讨没趣

“哈——哈——”赵一曼不禁大笑起来，“豺狼居然也说起人话了！”

林宽重自讨没趣，继续说道：“赵小姐，你不知道这是哪里吗？”

“还用你告诉我吗？既然已经落到你们的手上，我就没想过要活着出去！”赵一曼坚定地答道。

林宽重再也沉不住气了，就像被人打了一巴掌似的，他一下子跳了起来，向赵一曼扑去，一把抓住她的头发，狂暴地摇晃道：“你说，你说……”

“我说，终有一天要将你们这伙强盗赶回老家！”

“来人！”林宽重如同野兽一般咆哮道，“把她给我吊起来，狠狠地打！”

几个特务一起扑了上去，将赵一曼拖出门去。刽子手们在一间阴森恐怖的地下室里用细钢绳吊起了赵一曼。皮鞭在空气中穿过，呼呼作响。一下又一下……赵一曼身上流出的血淌到了冰凉的水泥地上。她把眼睛闭上，一声不吭地忍受着特务的拷打。她觉得自己的心都被撕碎了，但她仍然不屈服。

一阵绞痛袭来，她昏迷去了过。特务们把绳子解开，将她放到地上，用两盆冷水泼在她的脸上。赵一曼睁开双眼，目光变得非常凌厉。

“要杀便杀，别再费什么心机了！要我投降，休想！”

毒刑拷打，只能伤及一个人的肉身，却一点儿都撼动不了一个共产党员的革命信念。

夜深人静，监狱中吹进了一阵冷风，赵一曼醒了过来。她的脸被暗淡的灯光映照着，她是如此消瘦，又是如此安详、坚定。很多往事，宛如松花江的浪涛一般涌入她的脑海。她是多么希望把自己坚贞不屈的决心摆在党的面前啊！

1936 年 8 月 2 日，敌人将赵一曼押到珠河县去枪决。赵一曼透过火车的车窗，看到一座座碉堡、一道道岗哨耸立在大片荒芜的土地上。成群的老乡拖家带口逃荒求乞，时而还会听见一阵阵小孩儿与妇女凄惨的哭叫声……

赵一曼看着这一切，她的心都碎了。多灾多难的祖国啊，什么时候你的美丽容貌才能再现？赵一曼百感交集，内心掀起了狂澜。她情不自禁地想起了自己的儿子。她想着，想着，眼前好像浮现出

词语百宝箱

一声不吭　凌厉
多灾多难　百感交集

儿子可爱的笑脸。她从看守那里要来纸和笔，为儿子留下了最后一封信：

宁儿：

妈妈非常遗憾没能对你尽到教育的责任。

妈妈因为坚决进行抗日斗争，今天已经到了牺牲的前夜。妈妈今生没有机会再与你相见了。宁儿啊！希望你快快长大，来安慰你在地下的妈妈！我最亲爱的孩子啊！妈妈教育你，不用千言万语，而是采取实际的行动。希望你长大以后，能够牢记你的妈妈是为祖国而献身的！

1936 年 8 月 2 日

你的妈妈　赵一曼　于车中

当天晚上，赵一曼被押往珠河县，还是关在之前的那个地牢里。这是一个漫长的夜晚。毒蚊成群，嗡嗡作响，让她整夜难以入睡。但是，即使是这样，她还是没有呻吟一声、叹息一下。

词语百宝箱

千言万语
乌云密布

1936 年 8 月 3 日，乌云密布，珠河的浊浪拍击着两岸。早上，敌人从地牢里拖出赵一曼，把她绑在一辆马车上。军警全副武装，人人端着明晃晃的刺刀，在两旁站立着。在死神降临之前，赵一曼抬头挺胸，从容不迫，她抱着革命必胜的信念，脸上没有露出一点儿悲伤和恐惧。

“拉出去！”西村看着视死如归的赵一曼，恼羞成怒地吼道。

马车驶动了，缓缓行驶在大街上。街道两旁的行人与居民无一不用钦佩和爱戴的目光看着车上那位被捆绑着的女英雄。

马车停在了北门外，赵一曼从马车上下来了。她在生命即将结束时依旧对哺育自己的可爱的祖国念念不忘。她走到一个土台上，充满深情地看着周围的景物。最后，她竭力高声呼喊道：

“打倒日本帝国主义！”

“中国共产党万岁！”

枪声响了。赵一曼同志慷慨就义，年仅三十一岁。

心灵絮语

敌人的子弹带走了赵一曼年轻的生命，可她的革命精神却将千秋万代流传，一直激励着革命后来者。

狼牙山五壮士

人｜物｜介｜绍

“狼牙山五壮士”分别是马宝玉（河北张家口人）、葛振林（河北保定人）、宋学义（河南泌阳人）、胡德林（河北保定人）、胡福才（河北保定人）。他们与日军恶斗，打完子弹后跳下山崖，除葛振林、宋学义负伤脱险外，其余三人均壮烈殉国。

1941年秋，日寇集中兵力，向我晋察冀根据地大举进犯。当时，晋察冀军区第一军分区第一团第七连奉命在狼牙山一带坚持游击战争。经过一个多月的英勇奋战，七连决定向龙王庙转移，把掩护群众和连队转移的任务交给了六班。

为了拖住敌人，七连六班的五个战士一边痛击追上来的敌人，一边有计划地把大批敌人引上了狼牙山。他们利用险要的地形，把冲上来的敌人一次又一次地打了下去。班长马宝玉沉着地指挥战斗，待敌人走近了，下命令狠狠地打。副班长葛振林打一枪就大吼一声，好像细小的枪口喷不完他的满腔怒火。战士宋学义扔手榴弹总要把胳膊抡一个圈，好使出浑身的力气。胡德林和胡福才两个小战士把脸绷得紧紧的，全神贯注地瞄准敌人射击。敌人始终不能前进一步。

在崎岖的山路上，横七竖八地躺着许多敌人的尸体。

五位战士胜利地完成了掩护任务，准备转移。面前有两条路，一条通往主力转移的方向，走这条路可以很快追上连队，可是敌人紧跟在身后；另一条通向狼牙山的顶峰棋盘陀，那儿三面都是悬崖绝壁。走哪条路呢？为了不让敌人发现群众和连队主力，班长马宝玉斩钉截铁地说了一声“走！”带头向棋盘陀走去。战士们热血沸腾，紧跟在班长后面。他们知道班长要把敌人引上绝路。

> **词语百宝箱**
>
> 全神贯注　横七竖八
> 斩钉截铁

五位壮士一面向顶峰攀登，一面依托大树和岩石向敌人射击。山路上又留下了许多具敌人的尸体。到了狼牙山峰顶，五位壮士居高临下，继续向紧跟在身后的敌人射击。不少敌人坠落山涧，粉身碎骨。班长马宝玉负伤了，子弹都打完了，只有胡福才手里还剩下一颗手榴弹。他刚要拧开盖子，马宝玉抢前一步，夺过手榴弹插在腰间，他猛地举起一块磨盘大的石头，大声喊道：“同志们！用石头砸！”顿时，石头像雹子一样，带着五位壮士的决心，带着中国人民的仇恨，向敌人头上砸去。山坡上传来一阵叫声，敌人纷纷滚落深谷。

又一群敌人扑上来了。马宝玉“嗖”的一声拔出手榴弹，拧开盖子，用尽全身力气扔向敌人。随着一声巨响，手榴弹在敌群中开了花。

五位壮士屹立在狼牙山顶峰，眺望着群众和部队主力远去的方向。他们回头望望还在向上爬的敌人，脸上露出胜利的喜悦。班长马宝玉激动地说：“同志们，我们的任务胜利完成了！”说罢，他把那支从敌人手里夺来的枪砸碎了，然后走到悬崖边上，像每次发起冲锋一样，第一个纵身跳下深谷。战士们也昂首挺胸，相继从悬崖上往下跳。狼牙山上响起了他们壮烈豪迈的口号声：

“打倒日本帝国主义！”

“中国共产党万岁！”

这是中国人民坚强不屈的声音。这声音惊天动地，气壮山河！

心灵絮语

五位壮士用生命和鲜血谱写了一首气吞山河的壮丽诗篇。他们的壮举，表现出崇高的爱国主义精神和坚贞不屈的民族气节，这是我们中华民族发展中不可缺少的精神支柱。

王璞英勇就义

人|物|介|绍

王璞，河北完县（今河北顺平）野场村人，1940年当选为儿童团团长。王璞牺牲时年仅十四岁，后被共青团中央授予“全国十大少年英雄”称号。

1943年5月1日，日寇纠集重兵，向唐河两岸的唐县、完县、涞源一带，发动了空前规模的春季大扫荡，实行惨无人道的抢光、烧光、杀光的“三光政策”。

词语百宝箱

惨无人道

5月7日清晨，日寇在汉奸庞珠子的引导下，包围了野场村东的石沟（也叫桃花沟）一带，每个山头和沟道路口都布满了敌人，石沟两面的大肚梁和小肚梁也布满了敌人。

日本鬼子端着刺刀驱赶着被搜出来的老百姓，将他们集中在石沟的一块半亩大的地埝上，共有一百多人。他们当中大部分是老人、妇女和儿童。鬼子在地埝南面半山腰的一块小埝上，架起了三挺机关枪。

这时候，野场村儿童团团长王璞的母亲站了出来，她昂首挺胸，指着翻译官骂道：“你这条哈巴狗逞什么凶！”她又转过身对大伙儿说，“乡亲们，不要怕！八路军会回来的！八路军会为咱们报仇的！”

王璞瞪着两眼，攥着拳头，也从人群中站出来，大声喊道："爷爷奶奶们！婶子大娘们！儿童团员们！八路军的枪支弹药在哪儿不能说，我们宁可抗战死，不当亡国奴！"

人群中发出了怒吼，大家齐声喊道："宁可抗战死，不当亡国奴！"

儿童团员们也喊道："誓死和日本帝国主义斗争到底！"

鬼子队长举起了洋刀，狂叫："统统的八路！"王璞高昂起头，举起拳头，用尽全身的力气高喊："打倒日本帝国主义！"

鬼子队长的洋刀落下来了，机枪"哒、哒、哒"又响了起来，扫向人群。王璞母子和一百一十八位乡亲被残忍的日本鬼子杀害了。

心灵絮语

少年王璞在日军的胁迫下仍高喊出"宁可抗战死，不当亡国奴"，最后在日军的机枪下英勇就义，他的抗争精神永远激励着我们前行。

李爱民誓死不屈

人|物|介|绍

李爱民，山西武乡县白家庄人，十一岁时担任抗日儿童团团长，积极为抗战工作，后因坚决不肯透露八路军的去向死于日军的大刀之下。

在战争年代，鸡毛信不是普通的信，插着鸡毛的信必须迅速送达。

这一天，八路军的钟营长急匆匆地来到白家庄找到儿童团团长李爱民，交给他一封鸡毛信，说："这封鸡毛信很重要，你马上闯过敌人的封锁线去送给东沟的民兵。"李爱民二话没说，把鸡毛信藏在袜子里就出发了。他戴上草帽，拿着镰刀，赶着毛驴，装着割草的样子，专拣沟里的小路走。沟里净是乱草、荆棘，脚被石子碰破了，两腿也被拉了几道口子，李爱民顾不上这些，一路小跑，越过小河沟，爬过几道山冈，很快来到了敌人的封锁区。李爱民急急忙忙走着，来到一个三岔路口，正琢磨往哪儿走的时候，一抬头，看到右前方一个土坎上有两个鬼子在望着他，嘴里不知在咕哝什么。怎么办？躲开吧，怕鬼子起疑心，而且也来不及了。李爱民想起出发时钟营长嘱咐他的话："路上遇到情况要沉着，见机行事。"他往四周看了看，正好不远处有一

词语百宝箱

急匆匆　琢磨

咕哝　见机行事

堆驴粪。他走过去用脚使劲儿踩了一下驴粪，稀稀的驴粪溅了他一身。他也顾不得脏和臭，大摇大摆地把驴赶到沟里割起草来。两个鬼子跑过来，其中一个像是军官，抓住李爱民的领子大声叫道："八格牙路，举起手来！"李爱民装作傻乎乎的样子，呆呆地站在那里。鬼子横眉瞪眼地叫道："八路的探子，抓起来！"李爱民装作惊慌的样子，说："俺是放驴的！"鬼子将李爱民的身上从上到下搜了一遍，什么也没搜出来，驴粪的臭味熏得鬼子直捂鼻子。这时候，鬼子营地传来了号声，鬼子急着要走，踢了李爱民一脚，厉声喊道："赶快滚，这里不准放驴！"李爱民忍着疼痛，赶着驴迅速来到了东沟。东沟的民兵得到了情报，第二天顺利地配合八路军打下了鬼子的据点，保护了根据地的粮食。李爱民立了一功，受到八路军的表扬。

这天晚上，李爱民都睡下了，突然有人敲门。李爱民开门一看，是一位八路军叔叔。八路军叔叔进到屋里对李爱民说："麦子熟了，我们要到韩家沟掩护老乡收麦，想请一位民兵带路。"李爱民一听，说道："这么晚了，甭找人了，我给你们带路吧！"那位八路军叔叔有些迟疑。李爱民很有把握地说："这一带的路我熟，叔叔放心吧！"李爱民跟着八路军叔叔来到村头见了首长，抬头一看：这不是钟营长吗？！李爱民跑过去，亲热地说："钟营长，我叫李爱民，您不认识我了？前年我还给您送过鸡毛信呢！"钟营长摸摸脑袋笑着说："对，想起来了，你就是那个'活地图'，太好了！"李爱民领着八路军翻过了几个山头，天快亮了，已经隐隐约约看到韩家沟正在抢收麦子的老乡了。钟营长擦了擦脸上的汗，亲切地拍拍李爱民的肩膀说："爱民啊！多亏了你，领我们少走了一半路，终于赶到鬼子前头了，真得好好谢谢你啊！"

1943 年，李爱民的家乡白家庄被日军占领了，村里的百姓都转移到了东沟。又到收麦子的时候了，

词语百宝箱

大摇大摆　横眉瞪眼
隐隐约约

白家庄的村民夜里到地里收割麦子。这真是在敌人的眼皮底下抢粮食啊！夜色很深，只有远处鬼子的炮楼上不时地射出探照灯的灯光。村民们屏住呼吸，在黑暗中悄悄地挥镰割麦。天快亮的时候，村民们背的背，挑的挑，急急地往东沟走去。李爱民背着一小口袋麦穗走在前面，和大伙儿拉开了一段距离，为的是一旦被鬼子发现，就赶紧给大家报信，好迅速转移。他想，不能让到手的粮食让敌人抢去。眼看就要走出敌占区，已经能看到东沟了。忽然，右面山上响了一枪，接着，出现了几个人影。李爱民判断，这是遇上了敌人的游动哨，鬼子发现了他。李爱民转身想往回走，可是已经来不及了。一个鬼子从路边蹿了出来，挡住李爱民的去路，大喊道："干什么的？"李爱民沉着地应道："自己人！""口令！"什么口令？李爱民被问住了，可他一点儿没有慌。只听他大声咳嗽了三声，这是暗号，告诉后面的人有情况。大伙儿迅速疏散到路边的庄稼地里了。

鬼子的机枪响了，子弹打中了李爱民的腿，他倒下了。李爱民被带到了河滩上，翻译官问道："你是哪个村的？""白家庄的。""干什么来了？""收粮食啊！"鬼子军官一听说是白家庄的，问道："你们庄上的老百姓都躲到哪儿去了？""太行山里呗！""你们村的村长是谁？""我不知道。"那个翻译官不耐烦了，恶狠狠地说："你听着，今天你要是说实话，就放你回家，如果不说实话，就一枪崩了你！"说着，就把手枪冲李爱民晃了晃。李爱民毫不畏惧地说："崩了我也不知道！"敌人没办法了，把李爱民用绳子吊在一棵小树上用皮带使劲儿抽，但是，李爱民还是那句话："不知道！"硬的不行，鬼子军官又把李爱民放下来改用软的办法。鬼子军官从口袋里掏出一把糖，引诱李爱民说："小孩，你的说实话，皇军大大地赏！"李爱民接过糖，使劲儿朝鬼子军官的脸上砸过去，说道："谁稀罕你的臭糖！"鬼子军官大发脾气，

词语百宝箱

疏散　恶狠狠
稀罕

用脚踹向李爱民，一脚又一脚，李爱民倒在了地上。李爱民忍着疼痛，心想：“打吧，打死我也不说，死就死我一个，不能对不起八路军。”鬼子军官踢了半天，见李爱民不屈服，恼羞成怒，抽出大刀向李爱民刺去。为反抗日本鬼子，十三岁的李爱民献出了宝贵的生命。

心灵絮语

少年李爱民用智慧和敌人周旋，用生命同日军抗争，他的精神永放光芒。

刘胡兰慷慨赴死

人|物|介|绍

刘胡兰，原名刘富兰，山西文水人，著名的革命先烈和优秀共产党员。刘胡兰十五岁时英勇就义，毛主席为她亲笔题词：“生的伟大，死的光荣！”

刘胡兰出生在一个中农家庭，四岁时生母就撒手人寰，使刘胡兰过早地失去母爱，倍加体会到了人生的不幸与苦难。1940年，胡文秀从南胡家堡嫁了过来，成了刘胡兰的继母。勤劳善良的胡文秀对胡兰、爱兰姐妹俩无微不至地关心、呵护，使幼小的刘胡兰重新感受到了母爱的温暖。

1941年，九岁的刘胡兰上了冬学，开学那天母亲胡文秀在用废纸订成的小本子上端端正正地给她写下了“刘胡兰”三个字，透出了母女间的深情厚谊。由于战乱，冬学不久就停办了，母亲见她勤奋好学，便用家里盖面缸的石盖片做石板，在上面手把手地教她认字、写字。刘胡兰的祖母经常给她和妹妹讲苦难的家史和村史，父亲刘景谦经常和乡亲们一起去根据地给八路军送粮食、布匹，他常对女儿说：“答应了八路军的事，咱就是拼

> **词语百宝箱**
>
> 撒手人寰　无微不至
> 端端正正　深情厚谊

了命也要完成。”

1942 年，刘胡兰当上了儿童团团长，经常和小伙伴们站岗、放哨，掩护八路军。抗战终于取得了胜利，1945 年 9 月 1 日，八路军打下了文水县城。第二天，文水县万余名群众在县城集会，欢庆胜利。中秋节，刘胡兰和乡亲们一起慰问八路军。刘胡兰像一棵幼松迎着抗日的烽火茁壮成长起来。

刘胡兰担任了村妇女救国会秘书，积极组织妇女上冬学，宣传革命事业，带领妇女纺线织布、做军鞋、看护伤员、学习军事技术，支援前线。1946 年 5 月，她被调任为第五区“抗联”妇女干事。6 月，光荣地加入中国共产党，成为一名候补党员，当时她才十四岁。刘胡兰在党旗下庄严宣誓：“……不怕流血，不怕牺牲，困难面前不低头，敌人面前不屈服，为共产主义奋斗终生。”

1947 年 1 月 12 日，这是云周西村人民难忘的一天。这天早上，天刚蒙蒙亮，刘胡兰早早起来，把她要转移上山的消息告诉了父母，一家人忙着为她收拾行李，她边洗衣服边和母亲谈论上山后的打算，心情十分激动。

就在这时，盘踞在大象镇的敌人和地主武装包围了云周西村，封锁了所有路口，严令不许任何人出村。由于敌人的严密封锁，刘胡兰已无法离开村子，她和母亲商量，先到隔壁刚生下小孩的金钟嫂家里躲一躲，如果被敌人发现，就说是伺候月子的。当刘胡兰来到金钟嫂家时，屋里已经有好几个人了。这时，街上又传来急促的锣声，紧接着是敌人的号叫声：“大家听着！一家只许留一个人，留下两个的就按私通八路处理。”

怎么办？留下来，万一被敌人发现，这卧床的产妇，初生的婴儿，这满屋的乡亲，将要受到牵连，不！绝不能连累他们！刘胡兰毅然谢绝了金钟嫂的挽留，走出屋来，向村前的大庙走去。

她来到大庙广场找到了母亲，女儿的突然到来使胡文秀十分震惊，她悄悄地问道："胡兰，你怎么也来了？"刘胡兰低声向母亲说明了原因。

不一会儿，汉奸武金川在人群中发现了刘胡兰，蹿过来威胁说："今天要你自白，不说就要你的命！"刘胡兰狠狠地瞪着他说："我没有什么可自白的。"武金川灰溜溜地回到了大庙。

天空乌云翻滚，广场气氛森严，一场严峻的考验就在眼前。刘胡兰轻轻脱下指环，掏出手绢和万金油盒，郑重地交给母亲，决心用鲜血与生命同敌人做一场殊死斗争。

几个敌人扑上来要抓刘胡兰，乡亲们靠在一起保护她。敌人用枪托殴打村民，刘胡兰大声喝道："闪开，我自己会走！"她昂首挺胸地向大庙走去。大殿下满身血迹的石三槐、石六儿等六位同志巍然屹立，刘胡兰深表敬佩。

词语百宝箱

茁壮 盘踞 挽留 灰溜溜
昂首挺胸 巍然屹立

她跨进大庙的西厢房。审讯刘胡兰的是阎军军官大胡子连长张全宝，他根据叛徒的告密，已经知道刘胡兰是被捕的人中唯一的共产党员、区干部，也是年纪最小的一个，他想从刘胡兰口中得到他所需要的东西，于是，他沉着脸问道：

"你就是刘胡兰？"

刘胡兰响亮地回答："我就是刘胡兰，怎么样？"

"你给八路军干过什么事？"

"只要我能办到的，什么都干过。"

"那你们的村长是谁杀的？"

"不知道。"

"你们区上的八路军都到哪里去了？"

“不知道。”

张全宝一连碰了几个钉子，再也沉不住气了：“你，你，你怎么什么也不知道？”

刘胡兰镇定地回答：“不知道，就是不知道。”

张全宝刚想发作，突然，贼眼一转，威胁她说：“现在有人供出你是共产党员。”刘胡兰知道自己被坏人出卖了，她把头一扬，自豪地说：“我就是共产党员，怎么样？”

“你为啥要参加共产党？”

“因为共产党为穷人办事。”

“以后你还会为共产党办事不？”

“只要我还有一口气，就要为人民干到底。”

张全宝万万没有想到，共产党的一个小女孩，竟如此厉害。见硬的不行，就换软的，他奸笑着哄骗说：“自白就等于自救，只要你自白，我就放你，还给你一块好土地……”

刘胡兰轻蔑地说：“给我一个金人也不自白。”

词语百宝箱

哄骗　自白

张全宝恼羞成怒，他收起阴险的笑脸，敲起桌子号叫道：“你小小年纪，好嘴硬啊！难道你就不怕死吗？”

刘胡兰上前一步，斩钉截铁地说：“怕死不当共产党员！”

张全宝无可奈何，站起来说：“刘胡兰，只要你当众说今后不再给共产党办事，我就放了你。”

刘胡兰坚定地说：“那可办不到！”

敌人的利诱和威胁都失败了，他们并不死心，妄图用血腥的屠杀逼迫刘胡兰投降。敌人在大庙西侧广场上放下了铡刀、木棒，刘胡兰和石三槐等同志被押到刑场上，他们怒视着敌人，匪徒们如临大敌，惊慌失措。

乡亲们见自己的亲人来到刑场，一下子涌了过去，匪徒们急忙用刺刀阻挡，张全宝气急败坏地逼问群众：“你们说这七个人是好人还是坏人？”人群中立刻爆发出了惊天动地的怒吼声：“好人！都是好人！”张全宝慌了手脚，急忙命令匪徒们准备屠杀，在护村堰上架起了机关枪。

一场惨绝人寰的大屠杀开始了，敌人先将石三槐、石六儿、张年成和干部家属石世辉、陈树荣、刘树山六位同志乱棍打昏后，用铡刀杀害了。

张全宝指着六位烈士的遗体向刘胡兰叫道：“看见了吧，自白不自白，投降不投降？”

刘胡兰怒不可遏，痛斥敌人：“要杀就杀，要砍就砍，我死也不自白，共产党员是杀不绝的，革命烈火是扑不灭的，你们的末日不远了！”

刘胡兰遥望着吕梁山，仿佛想起了培育她成长的党，想起了未来的灿烂世界。

张全宝见刘胡兰在思索，想着刘胡兰或许能够转变，刘胡兰却忽然转过身来，质问他：“我怎么个死法？”

张全宝阴沉着脸，沙哑地说道：“一个样……”

人群再次向刑场拥来，这情景把敌人惊呆了。

突然，张全宝看到护村堰上的机关枪，便恶狠狠地叫道：“快，快把机关枪调过来，把全村的人统统给我扫光！”敌人的机关枪在向几百名手无寸铁的乡亲瞄准……

千钧一发之际，刘胡兰大义凛然，挺身挡住了枪口，呵斥敌人：“住手！要死，我一个人死，不许伤害乡亲们！”就在生命的最后一刻，刘胡兰同

词语百宝箱

如临大敌　惊天动地
惨绝人寰　手无寸铁

志高呼："中国共产党万岁！"然后从容地走向了铡刀……

1947年春天，毛主席为她亲笔题词："生的伟大，死的光荣！"

心灵絮语

刘胡兰为了救手无寸铁的乡亲们，挺身挡住了敌人的枪口，慷慨就义。她的高贵品质和精神面貌，永远是我们学习的榜样。

董存瑞舍身炸碉堡

人|物|介|绍

董存瑞，河北张家口怀来县人，革命烈士，中国共产党员，是为新中国成立做出突出贡献的英雄模范人物之一。

董存瑞小的时候，家里非常贫困，只念过几天书。他的家乡在抗日战争爆发后成了抗日游击区，董存瑞在十三岁时就当上了儿童团团长。因此董存瑞的年纪虽小，但是革命的资格却非常“老”。

1945 年 5 月，抗日战争将要结束之际，八路军某个部的一个连队来到董存瑞的家乡休整，还要在董存瑞所在的龙延怀联合县第三区新征纳一大批青年参军。董存瑞就在这时加入了八路军。

1948 年，董存瑞所在的部队升编为东北人民解放军第十一纵队。5 月，部队奉命向隆化城挺进。5 月 25 日，攻打隆化城的战斗打响了，董存瑞所在的连队担负攻击国民党守军防御重点隆化中学的任务。他任爆破组组长，带领战友接连炸毁四座炮楼、五座碉堡，顺利完成了任务。连队随即发起冲锋，却遭到敌人一座隐蔽的桥形暗堡猛烈火力的封锁。部队在开阔地带受阻，二班、四班接连两次对暗堡进行爆破均未成功。董存瑞挺身而出，向连长请战：“我是共产党员，请准许我去！”他毅然抱起炸药包，冲向暗堡，前进时左腿负伤，坚持冲至桥下。

董存瑞到了桥下后，找不到一个地方能放炸药包，于是用枪托竭力砸桥堡的夹缝处，想砸出一个坑放炸药包，砖石已经松动，马上就要成功了。此时，总攻的冲锋号声响起，战士们奋不顾身地冲上前去，但都被董存瑞上方桥堡上的机枪射倒了。目睹着战友们成片地倒在地上，董存瑞的眼眶都急红了。他目测了一下桥堡的高度，接着用左手托起炸药包，右手拉燃导火索，高声喊道：“为了新中国，冲啊！”接着，炸药包爆炸，桥堡被炸上了天，董存瑞以自己的生命为部队开辟了一条前进的道路，此时的他，年仅十九岁。

词语百宝箱

休整　隐蔽

挺身而出　奋不顾身

心灵絮语

“为了新中国，冲啊！”董存瑞用生命喊出了他对祖国的挚爱之情。

林森火光荣牺牲

人物介绍

林森火，著名的革命烈士，十二岁时成为当地儿童团团长、共产党秘密交通员。他牺牲时年仅十六岁。

林森火，1934 年出生于浙江省玉环县坎门镇的一个贫困家庭。1947 年，在地下党员叶老师的引领下成为坎门镇地下儿童团的第一名团员，之后活跃地从事地下工作，后来成为儿童团团长。

1950 年 11 月 20 日上午，林森火和同学们正在学校上课，忽然听到阵阵炮声。原来是国民党残匪在骚扰坎门镇，学校里顿时乱成了一锅粥。林森火和儿童团的小伙伴们护送小同学回家。他把所有的同学都送回家后，就去镇政府帮忙了。正在值班的一位叔叔跟他说，解放军叔叔正在罗家山战斗，需要子弹。林森火了解了情况，直接去了解放军的营房。刚到那儿就看到两个民兵正扛着子弹要走，他马上也扛起一箱紧随其后。

山坡上硝烟滚滚。混乱的子弹“嗖嗖”地从耳边擦过。子弹划破了他的衣服，他的脚也被弹片划出了道道血口，林森火对这一切毫无所觉，他无比专注，只知道要赶快把子弹送到山上去。

解放军叔叔在山顶上好几次击退了敌人的进攻，子弹已所剩无几了，战士们都把枪上好刺刀，准备和山下正蠕动着的敌人拼杀，林森火的喊声突然传来："解放军叔叔，给你们子弹！"解放军叔叔顿时大喜过望。瞬间，炒豆般的枪声又在山冈上响起了，敌人又死了一大片，活着的窜回山下。

词语百宝箱

硝烟滚滚　专注　蠕动

大喜过望　不可触犯

林森火很想留下来和敌人战斗。但是，解放军的纪律如钢铁一般不可触犯，他只能不情愿地离开。

到了山下，他看到山坳里炊事班正在给山上的解放军叔叔做饭，心想："也行，山顶没法待，就在山下帮忙做饭好了！"炊事班的叔叔说这里太危险，让他赶紧回镇上，林森火却说："你们可以，我也可以。"他刚在灶前蹲下准备烧火，灶边落下一颗炮弹，林森火短暂而又闪光的生命就这么被夺去了。

心灵絮语

小小年纪的林森火明知枪林弹雨下非常危险，但他依然决定留在前线，他这种为了民族解放不惧牺牲的精神值得我们永远学习。

钱学森一心报国

人物介绍

钱学森，浙江杭州人，著名科学家、空气动力学家。钱学森为我国的导弹和航天事业做出了重大贡献，被誉为“导弹之父”“中国航天之父”“火箭之王”。

钱学森1935年到美国留学，获得博士学位后被美国麻省理工学院聘为终身教授，负责航空新技术的开发研究。他的学术成就十分辉煌，是航空工程和空气动力学专家，也精通火箭研究，他的生活待遇十分优厚，但他总是牵挂着远方的祖国。

1949年10月，新中国诞生的喜讯传到大洋彼岸，钱学森按捺不住兴奋，决定回国献出自己的力量。他找到主管工作的美国海军次长，要求辞职回国，他说：“我是中国人，我可以放弃这里的一切，但不能放弃祖国。我应该早日回到祖国去，为建设新中国贡献自己的力量。”这位次长感到非常震惊，恶狠狠地说：“钱学森有超人的才华，无论在哪里都抵得上五个师，我宁肯枪毙他，也决不放他回国。”果然，钱学森辞去工作，买好机票准备回国时，遭到了美国移民局的阻挠。所有的科学书籍和笔记本被扣留，不久他又遭到非法逮捕，被关押在一个海岛的拘留所里。后来经过麻省理工学院师生的多方营救获释，但他的自由仍然受到限制，美国移民局常闯到他的家中捣乱。他几乎是被变相地软禁了。

词语百宝箱

辉煌　牵挂　阻挠
扣留　变相　千方百计

1955年6月，钱学森千方百计同全国人大常委会取得联系。周恩来总理读到他的求救信后，立即指示中国驻波兰大使王炳南，在波兰华沙举行的中美大使级会议中设法营救这位科学家。10月，钱学森终于回到了他阔别二十年的祖国，此后全身心投于新中国的建设。1991年，这位在美国被誉为“科学家银河中的一颗明星”的中国研制火箭技术的元勋，被授予“国家杰出贡献科学家”的光荣称号和“一级英雄”模范奖章。

心灵絮语

探求新知，留学海外，是许多学子的心愿。然而，学得满腹经纶如何用之，不同的人有不同的选择。有人拿它换取异国的国籍，有人用它获得大量的金钱，像钱学森这样热爱祖国、胸怀大志的人，则将它化成了祖国腾飞的翅膀。

韩余娟舍己救人

人 | 物 | 介 | 绍

韩余娟，江苏宿迁塘湖人，中国少先队模范队员。她学习刻苦，热心善良，1983 年夏天因救傅奶奶不幸牺牲，1984 年被共青团中央授予“舍己救人小英雄”称号。

1983 年的夏天，一场罕见的暴雨降临在苏北大平原上的宿迁县。庄稼被洪水淹没了，农舍也被冲垮了，马陵山下的塘湖乡变成了一片汪洋。

韩余娟是一个十二岁的小姑娘，在这场严重的洪水灾害中，她作为一名少先队员，谱写了一首光荣的赞歌。

8 月 14 日晚上十点，塘湖大地进入梦乡。韩余娟正在村前的大仓房内陪着孤独的傅奶奶。傅奶奶的房子被冲垮了，村干部都在忙着抗灾和抓生产，只好暂时安排她住在集体大仓房里。

这时传来一阵“沙沙”的声音，好像是土从墙壁上掉了下来。

韩余娟有些好奇，就推了推快要睡着的傅奶奶。傅奶奶说：“也许是老鼠，快睡吧。”

傅奶奶的话刚说完，“沙沙”的声音更大了，韩余娟翻身爬起来将小油灯点亮，她抬头一看，发现屋顶正在摇晃，中间的水泥桁条向下弯曲，发出“咔咔”的声音，马上就要断了！

“傅奶奶，坏了！”余娟发出一声惊呼。傅奶奶站起来，余娟伸出双臂，一下子将她推到了门边。

几乎就在这一瞬间，整个房顶伴着“轰”的一声巨响劈头盖脸地塌了下来。余娟还没来得及多说一句话，就被压倒了。

深夜的宁静被这沉闷的巨响打破了。生产队的王队长以最快的速度赶到现场，他用手电筒一照，顿时就倒抽了口凉气。只见整个大仓的屋顶都消失了，大铁门闩着，隐隐约约可以听到低低的呻吟声。

“仓房出事了，快救人！”王队长大喊道。

刹那间，人们都奔向了大仓房。

借助梯子和绳子，人们终于打开了门。

在手电筒的照射下，人们看见七十四岁的傅奶奶在南墙下蜷曲着。我们的小余娟去哪了？她在那儿，在一堆瓦片中，人们看见她被两根水泥桁条无情地压着。

“快救她！”乡亲们用最快的速度将余娟身上的杂物扒去，将沉重的水泥桁条抬起来。地上尽是鲜血，可怜的小余娟躺在血泊里。余娟的小腹被一根桁条斜戳了进去，右边的大腿上耷拉着一块巴掌大小的肉，左手的无名指和小指已经不知所踪……

词语百宝箱

劈头盖脸　呻吟
蜷曲　不知所踪
心急如焚　揪人心肝

凌晨两点，面色苍白、双唇紧闭的余娟被送进了县人民医院。

“马上抢救！”在医生的一声命令后，手术室的门关上了。门外，乡亲们心急如焚，没有一个人说话，气氛沉闷得揪人心肝，只听见墙上的挂钟在“嘀嗒嘀嗒”地响着。

四个多小时后，手术室的门“吱”的一声开了，小余娟躺在白色的担架床上被推了出来，乡亲们立刻围了上去。

“俺没事，傅奶奶怎么样了？”余娟吃力地说道。

“俺的小娟子啊！”余娟的妈妈哭着将女儿一把抱住。在她们的旁边，那些五大三粗的庄稼汉都按捺不住了，各个热泪盈眶。

“医生，一定要将俺们这孩子救活，不管花多少钱，俺塘湖人也心甘情愿。”

余娟又将眼睛闭上了，她的确应该睡会儿，也许等她睡着后，就不会那么疼了。

词语百宝箱

五大三粗　按捺不住
热泪盈眶　心甘情愿

小余娟已经在病床上躺了四个昼夜了，她一直处于昏迷状态。她的体温高达四十多度，腹部鼓胀，下身浮肿。

8 月 20 日，医生给余娟做了全麻剖腹探查手术，诊断书上是这样写的：距回肠二十至三十五厘米段，肠管有三处破裂，其中一处破裂长度达到肠管周径的一半，肠管有许多脓苔，约积有两千毫升脓液，且腹腔感染，溃烂得非常严重。

医院决定用引流的方法将腹腔的脓液排出来，这就需要把一根比烟卷还要粗的肛管插进她的腹腔，将脓液引出来。看着这个虚弱的小女孩，医生实在不忍心下手。第一次插管以失败告终。

尽管医生想方设法抢救，小余娟的病情还是严重恶化了。她危在旦夕。

妈妈抱着余娟，泣不成声：“小娟儿啊，俺的好丫头。你想要什么跟妈说！”

余娟想冲着妈妈笑笑，就吃力地动了动嘴角。

俺想要什么呢？余娟闭上眼睛想着。谁在唱歌啊？这是什么歌？“党爱我，我爱她。我们从小就听党的话。党的温暖像太阳，党的关怀像妈妈。啦啦啦啦啦，啦啦啦啦啦，我就是党的一朵小红花……”是谁在唱？难道是俺的小伙伴们？就是他们，俺最喜欢唱这首歌了。俺就是党的一朵小红花，把小红花戴在头上，多美啊，对，俺想要朵小红花，小红花。

余娟又睁开了眼，对妈妈说：“妈……俺想……要朵……小……红花……”说这句话的时候她几乎耗尽了最后的力气。

1983 年 9 月 3 日下午三点多，我们的小英雄——韩余娟，永远地离开了我们。在她的头上，戴着一朵耀眼的小红花。

心灵絮语

韩余娟永远是党的一朵小红花。人们永远不会将她遗忘，她永远活在我们的心里！

赖宁烈火中永生

人|物|介|绍

赖宁，原名赖麟，四川雅安石棉县人，十五岁时因救火而牺牲，被共青团中央、国家教委授予“英雄少年”称号。

赖宁胸怀大志，品学兼优，从小学开始，年年被评为三好学生和优秀少先队员。

赖宁的家乡石棉山区是火险区。赖宁读小学的时候曾三次上山灭火。他做了这些事，既不写出来，更不告诉别人，直到林业部门把表扬信寄到学校，老师们才知道。

1988 年 3 月 13 日是个星期天。下午三点半，县城附近的山林因电线短路引起大火。

火借风势迅速蔓延，刹那间山上一片火海。大片森林、卫星电视转播台和石油公司油库都面临着巨大的威胁。赖宁写完作业后和卧床休息的妈妈说：“我下楼走一走。”妈妈特意嘱咐：“外面风大，别走远了！”下了楼，赖宁一眼便瞧见了冲天的火焰。他连告诉妈妈一声都来不及，就飞快地奔往火场。

赖宁跑到山上，挥动松枝奋力灭火。高达二三十米的火焰，狂烧猛蹿，赖宁和他的伙伴们一次次冲向火海。这时天色已晚，现场指挥救火的县领导命令用汽车将参加救火的学生强行送下山。赖宁、周伟、王海等同学也被拉上了车。在车上，有个同学遗憾地说："唉！今晚看不成电视剧《再向虎山行》了。"赖宁却风趣地说："那我们就再向火山行！"一车人都笑了。

山间的火势越来越猛，烧焦的枯枝败叶在火焰的冲腾下漫天飞舞，发出噼啪的爆响。天黑了，山陡路滑，风助火势，野火更猖獗了。"我要下去，我要下去！"赖宁跳下了车，王海和周伟也跟着跳了下去。三个人手拿松枝，又一次去迎战烈火。山上的狂风左一股、右一股，撩拨得火焰东奔西窜。九点钟左右，天全黑了。赖宁、王海和周伟三个同学被大火截住了退路。忽然一阵狂风刮来，把离他们十多米的一片大火呼地吹到他们身边。风向一变，赖宁就和同学们失散了。赖宁独自在火中向山上攀登。他的双脚迈开弓步，双手紧紧地抱着一棵小树……

大火终于扑灭了。三千五百余亩森林保住了，卫星电视转播台和石油公司油库都平安无事了。14日上午，人们在海子山南坡的过火林带中发现了赖宁的遗体。他的右臂紧紧挽着一棵小松树，额头靠着山坡，眼镜丢失了，左手撑着地，右腿还保持着向上攀登的姿势。

词语百宝箱

狂烧猛蹿　遗憾
漫天飞舞　猖獗
东奔西窜　平安无事

心灵絮语

年轻的赖宁离我们而去了，但是赖宁的精神永远不会消逝。赖宁积极的心态和行为一直鼓舞着一代又一代青少年，他为我们树立了学习的榜样！

神州长留绚丽彩霞

人物介绍

任长霞，河南商丘人，优秀的人民警察，被誉为“警界女神警”。任长霞因公殉职后，被公安部追授为“全国公安系统一级英雄模范”。

神州大地，英杰辈出，一个响亮的名字——任长霞，又在亿万百姓中传颂。

任长霞从小向往当一名人民警察，她最喜欢的一本书是《福尔摩斯探案集》。任长霞刚当上警察时，在日记中写道：“能作为一名打击罪犯、保护人民的人民警察，能亲手抓获犯罪分子，还老百姓公道是我一生最大的追求。”

2001 年 4 月 11 日，三十七岁的任长霞被任命为河南省登封市公安局局长，当时有些人还很不以为然，说一个弱女子怎能当好公安局局长。可是，在短短的三年中，任长霞立警为公，执法为民，全心全意为人民服务，查结积案一百多起，处理来信和来访三千四百六十七次，使登封市的社会秩序大为好转，她也先后荣获全国五一劳动奖章、全国三八红旗手、中国十大女杰、全国青年岗位能手、全国优秀人民警察等四十多项荣誉，被老百姓称为“女神

词语百宝箱

神州大地
全心全意

警”“任青天”。

在任长霞任河南省登封市公安局局长之前，登封市曾是全省社会治安最乱的一个地方。全市常住人口六十三万，每年这里的流动人口却多达百万。这里大案、要案接连不断，积案越来越多，公安局在全市评比中总排在倒数第一，被百姓戏称为“粮食局”，意思就是白吃饭办不了案。

任长霞一上任就感到压力很大。她吃不下饭，睡不好觉，琢磨着怎么把这里的社会治安搞好，让百姓过上安宁的日子。

想来想去，任长霞觉得首先要把队伍整顿好。全市六百多名警察，有一部分人整天混日子，不办事，老百姓意见很大，再加上装备条件差，有时候工资还不能按时发，士气低落。办法是人想出来的，女局长决定微服私访，调查情况，再找出解决的办法。

一天天黑后，任长霞脱掉警服，打扮成一个农村妇女的样子，来到一个派出所。派出所里没什么动静，可是，屋里有值班的人员。任长霞敲了几下门，没有动静，又敲了几下，只听里面有人不高兴地喊道：“干什么的？”任长霞装作很着急地说：“我要报案！”

只听值班的人生硬地喊道：“报什么案，天这么黑，我上哪儿给你找人破案？快走！”任长霞假装更急地提高嗓门儿说：“我报的案很重要！”那个值班的人还是轰她走。任长霞只好用渴求的口吻说：“要不然，你告诉我你们所长的电话号码吧，我自己给他打电话。”里边的人有些不耐烦地说：“我们所长的电话能随便告诉你吗？快走吧！”

任长霞了解到，郑庄检查站的交警在处罚超载车辆时不给开票。她决定亲自去看看到底是怎么回事。她打扮成农村妇女的样子拦住一辆超载的运煤车，司机问道：“你要上哪儿去？”任长霞说，要去郑庄检查站看看那里交警的情况。司机不让她上车，说："算了，算了，你的好意我领了。"没办法，任长霞只好说明了自己的身份，司机才让她上了车。

任长霞坐在驾驶室里，从后视镜里发现自己不像是一个运煤跟车的，就伸手从车门上抓了一把煤灰，在自己脸上抹了几把。

运煤车来到了郑庄检查站，任长霞跳下车去交钱。检查人员问道："开票，还是不开票？"任长霞问："开票怎么讲？不开票又怎么讲？""开票的话，每辆车罚一百六十元，不开票每辆罚八十元。"任长霞求情说："大热天，挣点儿钱也不容易，不开票每辆车五十元中不？""少一分也不行！"超载的运煤车一起走的是两辆，任长霞又说："两辆车不开票一百五十元行不？"回答还是不行。任长霞自己掏钱交了一百六十元罚款。交钱的时候，任长霞掉了眼泪。

任长霞还听群众反映，打 110 报警经常没人管。她装成普通妇女的口气拨打 110，结果真的不管用。她又带着督察大队半夜到荒郊野外设置警情，想看看报警后 110 几分钟到达现场。后来，110 接线员都熟悉了女局长的声音，不敢再怠慢，出警时全都在 5 分钟内到达现场。

词语百宝箱

微服私访　荒郊野外
大刀阔斧

任长霞到任半个月，通过微服私访掌握了大量实际情况，大刀阔斧地开除了十五名不负责任和违反纪律的警员，引起了强烈的社会反响。同时，任长霞在全市警察队伍中实行严格的竞聘上岗制，提拔了一批思想作风好、能力较强的人。这样一来，整个警察队伍振奋起来，大家的积极性被激发出来，破案率迅速上升，接到报警后都能在五分钟内赶到现场，社会秩序大为好转，警察在百姓们心中的形象大大改观，公安局在全市评比中也上升到第五名。

由于历史原因，登封市的大案、要案越积越多。任长霞上任后，把侦破大案、要案当作最重要的任务，带领干警开展了“百日破案会战”，一起又一起命案告破，登封民心大振，社会秩序大为改观。

在登封有一个白沙湖，这里水产丰富，风景秀丽，周围的老百姓日子过得不错。登封避暑山庄的老板王松看上了白沙湖这块地方，承包了白沙湖水产公司。

王松把白沙湖当成了自己的私有财产。他借口招募保安人员网罗了一些狐朋狗友和刑满释放人员，成立了带有黑社会性质的犯罪团伙，还购买了枪支，霸占了白沙湖的水产养殖和旅游资源。从此，白沙湖周围的百姓不得安宁。王松的手下在湖上开着汽艇耀武扬威，横冲直撞，只要发现有人在湖边捞鱼虾，甚至洗手或洗澡，就会殴打、罚款甚至刀劈枪打。村民赵苟旦干完农活到湖边洗手，被王松的手下说他偷鱼用枪打死。王中央的儿子在河边捞鱼虾，也被王松的手下捅了两刀，到处去告状却一直没有结果。王松一伙先后殴打民众一百一十七人，致死七人。

任长霞在2001年4月23日深夜批阅群众来信时，一封署名“白沙湖畔村民”的检举信震撼了她。但是，要抓王松谈何容易？这个坏蛋头上光环不少，优秀企业家、市政协委员、镇人大代表……任长霞毫不犹豫，谁犯罪就抓谁。她很快组织了专案组，对王松一伙的罪行进行调查取证。4月29日，王松手下一个爪牙参与作案被抓获。此时，王松正出差在外，听说以后立即返回登封，并要求亲自见任长霞。他想，送点儿钱就完事了。

> **词语百宝箱**
>
> 耀武扬威　横冲直撞
> 毫不犹豫

任长霞做了周密的安排，答应见王松。5月1日晚九点，王松大摇大摆地来到任长霞的办公室。王松一进屋就掏出一沓钱放在任长霞的桌上说道：“手下人捅了娄子，请任局长高抬贵手。”任长霞拍案而起，厉声说道：“王松，在我这儿没有能用金钱打通的关节！你的末日到了！”话音刚落，事先埋伏好的民警迅速将王松抓捕归案。在短短两个月里，除了王松的兄弟畏罪自杀以外，其余六十五名同伙全部落入法网，大快人心。近千名群众听说长期作恶的王松一伙全部被抓，敲锣打鼓放鞭炮，将镜匾和锦旗送到了登封市公安局。

任长霞担任登封市公安局局长的第十一天，就成立了“控申专案组”，专门接待上访的群众，并把每周六定为局长接待日。

任长霞在第一个局长接待日，从早上八点一直工作到晚上十一点半，共接待了一百二十四位上访群众，中午连饭都没顾得上吃。

有一位叫陈秀英的老大娘四年前因为邻里纠纷，头上被人打了一个窟窿，花了一万九千元也没治好，后来没钱再治，就在家里养着。

任长霞听了陈秀英的申诉，看了她的材料，站起身把手伸进陈秀英蓬乱的头发里一摸，惊愕地说：“咋打成这样呢？人呢？”陈秀英掉着泪说：“跑了！”任长霞坚定地说：“你想办法打听一下，就是跑到天涯海角也要把他抓回来！”陈秀英听了这话，心情特别激动，号啕大哭起来。上访这么多次，没有一个人看过她头上的伤，任局长不怕脏，亲自察看，并说“就是跑到天涯海角也要把他抓回来”，这样的局长跟亲人一样。

2004 年 2 月，任长霞兑现了她的话，从广东肇庆将打伤陈秀英的肇事者逮捕归案。

在登封市公安局车库的一个角落里，躺着一块两米多高的石碑。这是一块功德碑，上面工工整整地刻着这样一句话：“有为而威邪恶畏，为民得民万民颂。”这是怎么回事呢？

1990 年，韩素珍、王春英两位老大娘的女儿双双被歹徒强奸杀害。十一年了，两位老大娘到郑州和北京上访了一百多次，凶手一直抓不到。任长霞听了两位老人的申诉，十分难过。不能为民除害，抓不到凶手，还叫什么公安局？当韩素珍问她“这事你管不管？你敢不敢管？”时，任长霞明确地说：“我小事都管，你的事我能不管吗？我管！”

任长霞心情激动得一夜没有睡觉，反复查阅有关案卷，也没有找到有价值的线索。她和同志们多次研究，也没有找到什么办法。

正在任长霞一筹莫展的时候，一个她多次接待过的老上访户来到公安局。他对任长霞说：“有件事，我憋在心里十年了，看你整天奔波，是个实实在在为民办事的人，我再不说出来，真对不住你。”这个人说出来的，正是十一年前那桩奸杀案的线索。任长霞立即带人去调查，经过艰苦的努力，这桩多年的积案终于告破。

韩素珍和王春英两位老人非常感激任长霞为她们的女儿申了冤，就联合不少人精心刻制了一块功德碑。她们把石碑运到了登封市中心的嵩山广场，任长霞听说以后，赶紧让人去劝阻。争执了两个多小时，两位老人又把功德碑运到了市公安局，要立在大门口。任长霞亲自出来做工作，最后两位老人才同意将碑立在公安局大院里。碑立在了办公大楼前的花圃里，等两位老人走了以后，任长霞让民警把石碑移到车库里，放在了一边。

任长霞为民解忧、为民服务，老百姓永记心头。功德碑没有立在市中心，也没有立在公安局，却立在了百姓的心头。

作为一名公安局局长，任长霞全身心投入除恶办案之中，无暇顾及自己年幼的儿子。有一次，十四岁的儿子卯卯想妈妈了，就一个人从郑州骑自行车去看望任长霞。郑州到登封四十公里，卯卯骑到半路又累又饿，栽倒在路边。可是，作为一名公安局局长，任长霞的真情紧系下一代。

有一天晚上，任长霞来到一个小煤窑。这里发生了塌方事故，十几名矿工遇难。任长霞看到一个十来岁的小女孩死死地趴在一口棺材上哭个不停。任长霞走过去向人打听，才知道这个女孩叫刘春雨，她的妈妈三年前因患癌症去世，这次矿难，她的爸爸又不幸丧生。任长霞落泪了，她走上前，从兜里掏出一百元钱交到小女孩的邻居手中，说："这点儿钱给孩子买点儿吃的和用的东西吧，我叫任长霞，我的电话是 ×××，以后有什么事可以找我。"

任长霞认养了刘春雨，做了小女孩的妈妈。她经常给春雨打电话了解她的学习情况，给她交学费和伙食费，三年里每到孩子的生日都给孩子送去礼物。有一次，任长霞给春雨买了一双旅游鞋，亲手给她穿上，发现孩子的袜子破了一个窟窿，任长霞又给她买来了新袜子。

2003 年 12 月，在石破窑村抓住了一个强奸杀人的犯罪嫌疑人。警车要开走了，一个女孩怀抱一个三岁的孩子紧追。任长霞一问才知道，这女孩是犯罪嫌疑人的妹妹，那个三岁的孩子是犯罪嫌疑人的儿子。女孩跑着，小男孩哭着。任长霞走上前，让民警打开了犯罪嫌疑人的手铐，说："让他见见孩子吧！"犯罪嫌疑人抱着儿子号啕大哭。任长霞从衣兜里掏出一百元钱，对犯罪嫌疑人的邻居说："这钱给孩子买点儿吃的，以后孩子有啥困难就去公安局找我，我叫任长霞！"

词语百宝箱

高抬贵手　一筹莫展
号啕大哭　筹集

还有一次，任长霞到崔乞挞村办案，这是一个穷山村，天下着雨。

任长霞路过村小学的时候，发现孩子们在漏雨的教室里上课，学生们的两只脚都泡在雨水里。任长霞心里一酸，大声喊道："停课！停课！"她不忍心看着孩子们脚泡在雨水里上课。她回去千方百计筹集了一笔资金，帮助崔乞挞村小学翻修了教室，学生们再也不用担心下雨了。

任长霞还发动全市的民警搞了一个“百名民警救助百名贫困学生”的活动，有一百二十六名贫困儿童得到了帮助。任长霞还把这一百二十六名贫困儿童带到郑州参观了科学博物馆。

2004 年 4 月 14 日晚八点四十分，任长霞在向上级汇报完工作后，在返回登封的路上遭遇了车祸，经抢救无效，于 15 日凌晨不幸殉职，年仅四十岁。

心灵絮语

任长霞始终将人民群众的安危放在心上，为了捍卫一方平安，她将自己生命的最后一刻留在了嵩岳大地上，她将永远活在人民心中，英名不朽。

第二章

外国英雄人物

在世界各地，不同的民族纷纷传唱着属于他们的英雄故事，这些英雄身上都有很多优秀的品质值得我们学习。

苏格拉底之死

人 | 物 | 介 | 绍

苏格拉底，古希腊著名思想家、哲学家、教育家，被认为是“西方哲学的奠基者”，与柏拉图、亚里士多德并称为“古希腊三贤”。

苏格拉底出生在古希腊的雅典。他的父亲是一个手艺精湛的石匠，母亲是一位助产妇。苏格拉底从父亲那里学到了一门不错的雕刻手艺，还有一些几何原理和音乐知识。但苏格拉底并没有继承父亲的衣钵，而是对哲学产生了浓厚的兴趣。

苏格拉底的相貌有些丑陋：大扁脸、凸眼睛、朝天鼻，还有一张奇大无比的嘴巴。但苏格拉底对自己的相貌却另有一番说法：“实用才是美的。一般人的眼睛深陷，只能往前看，而我的眼睛可以侧目斜视；一般人的鼻孔朝下，因而只能闻到自下而上的气味，而我的鼻子可不受此局限；至于大嘴巴、厚嘴唇，则可以使我的吻比一般人来得更有力、更丰润而且接触面更大。”

词语百宝箱

精湛　奇大无比
丰润　滑稽

苏格拉底不仅相貌滑稽，而且作风奇特，见解非凡，对朋友和善、固执而又具有吸引力。他的一位朋友问特尔菲的女祭司，谁是雅典最有学识的人。令那位朋友大为惊奇的是，那位女祭司居然说出了无职业者苏格拉底的名字。后来苏格拉底说："那位神使把我当成雅典最有学识的人，是因为我是雅典城里唯一知道自己是一无所知的人。"

这种滑稽而又谦卑的态度，使他在辩论中处于极有利的地位，但也令人讨厌。他假装自己对某些问题不懂，就像一位地方检察官，对别人问个没完没了，引诱着他们不知不觉地承认某些观点。他时常去找那些最著名的公民，无论是伟大的演说家还是别的什么人，询问他们是否真正了解他们自己所讲的东西。苏格拉底不仅坚持清晰的思想在道德方面的重要作用，还切实地教诲人们应当如何去做。他提出了规定措辞的主张，说："在开始谈话之前，首先要弄清楚我们将要谈论的是什么。"毫无疑问，这一提法早在苏格拉底之前就曾经有过，但苏格拉底使它成为了一个信条。公元前 399 年，苏格拉底被控告有"渎神"罪。起诉人是在公元前 403 年反叛中复位的一位民主派首领，很有影响的阿尼图斯。罪名有两点：一是"腐蚀青年"，二是"藐视城邦崇拜的诸神以及从事离奇古怪的宗教活动"。

苏格拉底受到了由五百零一个人组成的陪审团的审讯，并被判处死刑。也许他们之中很少有人想到他真的会死，因为他有法律权利，可以要求从轻处置，并可以要求重新进行投票表决。假如他依照惯例低声下气、痛哭流涕地苦苦哀求，有三十多位陪审员肯定会改变他们的态度，但他却表现得无所谓。他的弟子们来监狱看望他，怂恿他越狱逃跑。他却说："我的信仰中有一条就是维护法律的权威。我常跟你们说，一个好的公民就是要遵守本市的法律。既然雅典的法律判处我死刑，合乎逻辑的结论就是：作为一个好公民，我必须去死。"他的朋友为他焦虑不安，认为他实在有些强词夺理，于是他们争辩说："这岂不是把逻辑

词语百宝箱

一无所知　没完没了
离奇古怪　低声下气
痛哭流涕　怂恿
合乎逻辑

扯得太远了吗？”然而，苏格拉底依然固执己见。

最后的时刻到来了。学生们聚集在苏格拉底的身边，准备悲痛地看着敬爱的老师喝下那杯毒药。在日落西山之前，苏格拉底亲自叫人去取毒药。当一个随从将毒药拿来时，苏格拉底用异常平静的语调对他说：“这种事你清楚，你要告诉我应该怎么做。”

随从告诉他：“你喝下毒药，然后站起来走动走动，直到你的腿感到沉重。然后再躺下，毒药的麻醉作用就会攻向你的心脏。”

苏格拉底谨慎而冷静地照着随从的话去做，其间仅停顿了一下去斥责了他的学生，因为学生们都在痛哭，好像他们认为老师正在做一件不正确、不明智的事情。

最后他想起，他还欠着别人一笔小小的债务。他把盖在脸上的布拿开说：“克里托，我还欠亚斯克莱皮亚斯一只鸡的钱——记住千万要还给他。”随后他闭上了眼睛，将布重新盖在脸上。当克里托问他还有什么嘱咐时，他没有回答。

柏拉图用令人难忘的语言描述了苏格拉底死去时的情景：“我们的朋友就这样完了。他是我们所了解的人中最慈善、最正直、最有学识的人。”

心灵絮语

在西方历史上，苏格拉底之死是一个震撼人心的事件。他用生命践行了自己的价值观，践行了坚持自由意志的承诺。

亚历山大征服波斯

人|物|介|绍

亚历山大，马其顿国王，世界古代史上著名的军事家和政治家，欧洲历史上最伟大的四大军事统帅之首。他建立的亚历山大帝国地跨欧、亚、非三大洲，是当时世界上最大的国家。

公元前356年，亚历山大出生在山国马其顿，他的父亲是国王腓力二世。亚历山大自孩提时起就野心勃勃，甚至近乎目空一切。有人建议他去奥林匹克竞技场上一显身手，因为他腿脚敏捷，善于奔跑。他答道："是的，假若我的对手都是国王的话。"另外一次，有人给腓力二世牵来一匹骏马。亚历山大随父亲一起到平川试马。这匹马很难驾驭，不让人骑上去，腓力二世令人将马牵走，亚历山大却大声喊道："多好的一匹马，得不到它是因为没有本事驾驭它。"他的狂妄引起一片哄笑，他在哄笑声中奔向这匹骏马，把它的头扭向太阳。因为他已注意到这匹马十分害怕它自己的影子。接着他迅速跃上马背，待马奋蹄待发时，便策马而去。腓力二世与随从们先是张口结舌焦急担心，但是当他们看到亚历山大以合乎规范的姿势驰骋于平川上时，不禁大声喝起彩来。

词语百宝箱

目空一切　张口结舌

腓力二世高兴得流下泪来，待亚历山大骑马返回时，他吻着儿子说："我的孩子，去寻找一个配得上你的王国吧。马其顿这个小池子盛不下你啊！"

亚历山大自称是希腊神话中的英雄赫克里斯和《荷马史诗》中的英雄阿基里斯的后代。他既羡慕赫克里斯一生除暴安良的伟大业绩，又想像阿基里斯那样有朝一日在亚细亚建功立业。

公元前336年，腓力二世在女儿的婚宴上被仇敌刺死，年仅二十岁的亚历山大继承了王位。在极短的时间内，亚历山大就赢得了军队的效忠。然后他立即进兵科林斯，并召开同盟大会，用武力慑服整个希腊，而成为盟主。然后，亚历山大开始着手准备向亚细亚进军。

公元前334年春，亚历山大以波斯人曾蹂躏过希腊的圣地、参与刺杀腓力二世为借口，向波斯帝国宣战。远征军渡过了达达尼尔海峡，接着，部队通过亚细亚的著名城市特洛伊。

亚历山大骑在马上，威风凛凛，好像当年阿伽门农率希腊联军到此一样。他向昔日战死疆场的祖先阿基里斯的墓碑献了花环，洒酒祭奠他，以鼓舞军心。部队继续挺进，在格兰尼库斯河边，他第一次遭遇有备而来的波斯军队。两支军队在河边默默相持了一阵子，双方都不敢轻举妄动。但是亚历山大很快就看出了波斯人的破绽。他们把骑兵调到河岸边，后面紧跟着步兵，这在战术上犯了错误，使得骑兵根本没有回旋的余地，难以发起冲锋。亚历山大亲率骑兵，跨越激流，向敌阵冲去。波斯士兵以高昂的士气迎战来犯之敌，他们狡猾地向披挂显眼的亚历山大扑去，一支梭镖射穿了亚历山大胸前的铠甲；接着两名军官一齐向他冲来，亚历山大投枪击中一个士兵，拔出佩剑，同两个敌手交战。这时，另一个波斯军官上前，抡起战斧向亚历山大砍来，亚历山大的头盔恰好挡开利斧。这时，禁卫军赶到，与亚历山大一起杀死了敌人。这场战斗，亚历山大以少胜多，算

词语百宝箱

除暴安良　建功立业　慑服
威风凛凛　轻举妄动

是给波斯人一点儿颜色。

亚历山大率部队继续挺进，进入亚细亚的腹地。

此时波斯皇帝大流士在伊苏斯平原严阵以待。亚历山大追寻而来，两军相遇在比那鲁斯河西岸。这一次，波斯人兵多将广，又占据地利优势，一些波斯将军向皇帝进言，要求主动进攻。可是这位波斯皇帝却是一个意志薄弱、优柔寡断的统帅，他害怕马其顿人的战斗力，决定避其锋芒，采取防守阵势，以伺机反攻。他在比那鲁斯河沿岸地带筑起一道栅栏加强防卫，然后将大批弓箭手埋伏在自己的左翼。他希望亚历山大从右翼发起进攻，而后诱敌深入，将敌人一举歼灭。可是事与愿违，马其顿人渡过河后，右翼的军队缓缓前进，并不急于进攻；而左翼的军队却结集成方阵，以迅雷不及掩耳之势，向波斯人发起了冲锋，波斯人被冲垮了。起初，大流士趾高气扬地立在他的战车之上，此时见己方军队溃败，便弃车上马，落荒而逃，甚至把自己的弓、盾、王袍都扔了。主帅弃阵而逃，中军动摇，结果波斯大军全部溃散，人人争相逃命。大流士的母亲、妻子和两个女儿都成了亚历山大的俘虏。

词语百宝箱

兵多将广　优柔寡断
事与愿违　趾高气扬
落荒而逃

大流士战败后，给亚历山大写了封信。信上说：“你我都是世界上伟大的君主，应该化干戈为玉帛。”并承诺交纳一大笔赎金赎回家人，把自己的一个女儿嫁给亚历山大，割让幼发拉底河以西的全部土地。

亚历山大傲慢地回复道：“你所奉献的一切我早就有了。你如果想结盟的话，波斯人必须俯首称臣。”大流士气不过，好歹自己也是万乘之主，于是选择了一块开阔地准备再次迎击来犯之敌。

大流士吸取了以往战败的教训，他明白战斗的关键是冲破亚历山大的方阵。他研制出一种装有大弯刀的战车，准备在开阔的土地上奔驰开来，冲破敌阵。

公元前331年春，双方在一个叫高加美拉的地方投入重兵，一场决战开始了。大流士一直以为亚历山大会突然袭击，于是命令他的士兵临战前的当晚就披挂起来。他把队伍分布成楔形，将战车和十五头大象放在中军，骑兵、弓箭手、步兵分散两翼，准备等亚历山大冲锋时，来个反冲锋，一举冲垮敌军方阵，然后两翼包抄过去，将敌人歼灭。可是实战却超出了大流士的预想。

亚历山大一反常态，他并不准备夜间出击。他开玩笑说："我不想偷取战果。"说罢钻入营帐睡觉了，一觉睡到第二天早晨。亚历山大这样做，其实并不是盲目轻敌。他深知大流士不敢主动进攻，因此以逸待劳，白白消耗了波斯军队和大象一夜的精力。天亮之后，亚历山大披挂上阵，开始战斗，此时，他的进攻方阵也早已改变。一方面为了对付敌方战车，亚历山大将掷石兵、弓箭手、梭镖手摆在方阵前面。另一方面，当大流士的战车和大象汹涌而来时，方阵立即散开，退到两翼，为战车让开一条通路，然后从方阵中冲出轻步兵，用石弩、擂石器"炮击"战车，粉碎战车的进攻。随后，亚历山大跨上战马，率领骑兵，猛攻波斯军左翼。恰在此时，有一只雄鹰盘旋在亚历山大的头顶上，马其顿士兵见此情景，勇气倍增，锐不可当，将波斯军队一举击溃。大流士重演了在伊苏斯的悲剧，又落荒而逃。

马其顿军乘胜南下径取巴比伦，占领波斯都城苏萨，随后进入伊朗高原，洗劫波斯古都波斯波利斯以及米底古都埃克巴坦那，摧毁了大流士三世的政权。

公元前330年春，亚历山大引兵北上追击大流士三世，获悉大流士三世被其部将谋杀，古波斯帝国及阿契美尼德王朝至此灭亡，亚历山大成为波斯的统治者。

心灵絮语

亚历山大的军事思想与指挥战略成为人类军事史上的瑰宝，启迪着一代又一代的军事家，其军事成就彪炳青史。

罗马之父恺撒

人物介绍

恺撒，罗马共和国末期杰出的军事家、政治家，罗马帝国的奠基者。公元前 60 年，恺撒与克拉苏、庞培秘密结成政治同盟，一起反对元老院，史称“前三头”。

古罗马伟大的政治家和军事家恺撒，传说出生的时候是脚朝外而不是头朝外，这种情况在我们中国叫作“寤生”，《左传》里有名的郑庄公就是“寤生”，这样出生的孩子据说不吉利。然而不论是古罗马的恺撒还是中国春秋时的郑庄公，都成就了霸业。

公元前 84 年，不幸降临到刚满十五岁的恺撒头上，他的父亲突然病逝了。

从此，恺撒与母亲相依为命，过早地品尝到人生的艰辛。恺撒的姑父马略是民主派的领袖人物，他在罗马先后担任了七届执政官，这在罗马共和国的历史上是罕见的。马略所取得的成就给小恺撒留下了极其深刻的印象，在他很小的时候就立志长大后要像姑父那样建功立业。可是，就在恺撒父亲去世后的第二年，马略的死对头、共和派的急先锋苏拉率领数万大军杀回了罗马。

苏拉进入罗马城后，大肆捕杀民主派人士，并宣布马略及其支持者为“罗马公敌”，财产全部充公。恺撒的处境也岌岌可危。后来，由于恺撒的母亲通过一些元老向苏拉求情，苏拉才勉强赦免了恺撒。但他曾领教过恺撒的胆略，并意味深长地说过这样一句话：“一个马略死了，但是在恺撒身上还持续着不止一个马略的生命。”

在颠沛流离、四处躲藏的艰难生涯中，恺撒的意志经受了磨炼，他养成了临危不惧、勇敢顽强的坚毅品质。这一点，在他曾遭受海盗绑票的经历中得到了充分的展示。

那一年，恺撒二十五岁，正打算去地中海的罗德斯岛进修，用我们今天的话说是去“充充电”，因为那里住着罗马最为著名的修辞学家和辩论家摩隆先生。然而，恺撒乘坐的船在途经斯波拉第斯群岛中的法尔玛库撒岛附近时遭遇海盗，人、船均被海盗俘获。那个时代，用赎金换自由是海盗们常干的事，所以海盗将俘虏一字排开，依次论价，到了恺撒这里，从他的衣着和气度打量，海盗们判断这是个不一般的人物。

“二十个塔兰特（古希腊重量和货币单位，一塔兰特合二十七千克黄金），怎么样？”海盗头子半玩笑半商量地问恺撒，这可是一笔不小的数目。

不料恺撒十分认真地回答：“我就值这么一点儿钱？放心，赎我的人会为此付给你们五十个塔兰特！”

海盗们几乎不敢相信自己的耳朵，纵横海上多年，从来只有要求降低赎金而讨价还价的，还没有听说过主动加价的，而且加的还是一笔“天价”。

> **词语百宝箱**
>
> 相依为命　岌岌可危
> 临危不惧　讨价还价

“好吧，我们等着你的赎金。不过，要是没有钱，你可能就永远要和我们在一起了。”海盗们虽然答应了，可还是半信半疑。于是，仆人们奉命回到罗马筹集赎金，恺撒和海盗一起留了下来。

在被囚禁的日子里，恺撒每天读书，闲暇时也给海盗们念念诗词，讲讲历史，这是当时最流行的消遣方式。有一天，恺撒忽然对海盗们说：“一旦我获得自由，一定会马上逮捕你们，并且将你们统统处死。”

海盗们听了哈哈大笑，他们并不生气，反而很喜欢这个口无遮拦、说话不着边际的年轻人。赎金果然很快筹全送了过来，海盗放走了恺撒。这可能是他们一生中最为愚蠢的决定，因为言出必行的恺撒很快组织了一支武装力量，偷偷地奔向海盗的窝点。可怜的海盗们还没有把手里的塔兰特焐热就成了恺撒的俘虏，被抓获的海盗有三百五十人。恺撒打算履行他的诺言处死这批海盗。当时只有罗马的大法官有权宣判死刑，恺撒亲自前往陈述缘由，得到的答复却令人失望：大法官留下了海盗的命，只同意把他们卖为奴隶。

关键时刻，恺撒的勇气和魄力又一次显露出来。他回到囚禁海盗的地方，以罗马执政官的名义宣判了海盗的死刑，被蒙在鼓里的海盗们就这样告别了蔚蓝的大海和生机勃勃的人间。鉴于在被关押期间海盗们对他的宽厚，恺撒只是做了一个相对“人道”的改动——先割断了那些钉在十字架上的海盗的喉咙（这样就会死得快些）。

恺撒具有坚强的意志、临危不惧的坚毅品质，因此成就了他伟大的一生。

心灵絮语

恺撒是罗马共和国末期杰出的政治家，他站在人民的一边，反对元老贵族的统治，坚持改革，这有利于罗马向前发展。他的独裁，就个人而言，使他登上了权力的高峰，而就历史发展而言，是共和国末期各种矛盾相冲突的必然结果。

法国民族英雄圣女贞德

人 | 物 | 介 | 绍

贞德，法国著名军事家，天主教圣人，被誉为“自由女神”“胜利女神”。贞德是西方文化中的一个重要角色，有许多文学作品都是以她为原型进行创作的。

1428 年英法百年战争时期，英军向法国南部进军，围攻通往南方的要地奥尔良城。这里一旦失守，法国南方就有全部沦陷的危险。法国人民纷纷行动起来，用各种方式打击英国侵略者，连妇女也参加到抗英斗争的行列中。

此时，法国年轻的王子查理听说奥尔良被围，惊慌失措，带领着一批大臣逃到了一个偏僻的乡村。1429 年 4 月的一天，卫士向查理王子报告说，有一位姑娘求见，说是为解救奥尔良之围献计献策。

查理心情烦躁，根本不相信一位柔弱女子能有何良策，他冷笑说：“这真是笑话！不过，让她进来，看看她有什么馊主意！”

不一会儿，一身农妇打扮的妇女进来了。查理漫不经心地问：

“你叫什么名字？”

“我叫贞德。”

“听说你能解救奥尔良，说说看，有什么高招？”

“是的，我们完全能够解奥尔良之围。”

查理问："那凭什么呢？"

"凭我们的游击队和广大人民。只要王子授权予我，让我统领大军，与游击队和广大人民一起，就一定能解奥尔良之围。"

这位毛遂自荐、主动请战的贞德出生于法国北部香槟与洛林交界处的一个农民家庭。早在她的童年时代，法国半壁河山已沦于英军铁蹄之下，她亲眼看到英国侵略者蹂躏自己家乡的暴行。

十五岁那年，贞德参加了游击队，在战斗中逐步锻炼成为一名出色的指挥官。她听说奥尔良被围，出于一种强烈的爱国心，连夜赶来求见王子，要求让她带兵解围。

查理王子听她一席话，才想到人民的爱国力量可以利用，便同意了她的作战计划，并交给她一支部队。就这样，不满二十岁的贞德当上了解救奥尔良的前锋军队指挥官。

为了作战方便，贞德扮成男装，身披盔甲，腰悬宝剑，跨上战马，率领六千人的军队向奥尔良进军。一路上，许多农民和城市贫民拿着大刀、长矛加入他们的队伍。

不久，部队接近了奥尔良城。贞德先从英军围城的薄弱环节发起猛烈进攻，英军难以抵挡，四散逃窜。4 月 29 日晚八时，贞德骑着一匹白马，在锦旗的引导下冲进奥尔良城。在贞德的带领下，法军浴血奋战，终于打败英军，夺回了奥尔良。当贞德带领部队雄赳赳地开进城内时，人们欢声雷动，整个奥尔良城都沸腾起来了。

从此，贞德的名字传遍了法国各地，大家都称赞她为"奥尔良女儿"。奥尔良战役扭转了法国在整个英法战争中的危难局面，从此战争朝着有利于法国的方向发展。

词语百宝箱

良策　漫不经心
毛遂自荐　半壁河山
欢声雷动

这次战役后，贞德积极支持查理王子正式继承法国王位，以便进一步团结抗英力量。查理王子7月继位（称查理七世）后，贞德建议他立即向巴黎进军，迅速完成统一祖国的大业。

此时，查理七世一方面希望收复国土，另一方面又害怕以贞德为代表的人民斗争会危及自己的统治，因而试图收买贞德。

贞德态度坚决，执意要向巴黎进军。在这种情况下，查理七世表面上同意了贞德的建议，实际上并不予支持。

就是在这种情况下，贞德于当年8月向巴黎进军。几天后，她相继收复了失地，进抵巴黎城下，但由于孤军作战，久攻不克，贞德又在战斗中负伤，因而不得不退居离巴黎不远的康边城。

1430年春，贞德的军队在康边城附近与英军展开激战，当她及其部队被英军所逼，撤退回城时，早就不满意这位“农民丫头”的封建主们把她关在了城外。贞德和护卫她的士兵奋力抗击，终因寡不敌众，不幸被英军的帮凶——法国封建主集团勃艮第派的军队俘虏。

六个月后，英国以四万法郎的高价，将贞德从勃艮第手中买来。贞德被俘后，始终坚贞不屈，她说：“为了法兰西，我视死如归！”

1431年5月30日，贞德备受酷刑之后在法国卢昂城的广场上被活活烧死。年轻的女英雄贞德，为祖国献出了自己的生命。

贞德大义凛然的英雄行为激励了法国人民的爱国热情。各地人民纷纷自动武装起来，投入抗英斗争。1436年，法军收复巴黎，接着不断收复其他失地。1453年，除了加来一个城市外，英军被全部逐出法兰西，法国开始出现统一和稳定的局面。

心灵絮语

贞德是法国人民心目中最伟大的民族英雄，她的功绩成为激励法国民众民族意识的决定性因素。几百年后的今天，贞德精神仍被传颂。

伽利略坚守真理

人｜物｜介｜绍

伽利略，世界著名的物理学家、数学家、天文学家和哲学家。他是科学革命的先驱，他的天文学发现打开了人类的眼界，他对物理学的贡献更大，后人尊他为“近代科学之父”。

1564 年，伽利略出生于意大利古城比萨一个没落的贵族家庭，他的父亲是一位音乐师。伽利略自幼天资聪颖、多思好问。父亲十分看重这个儿子，他最大的愿望是将儿子培养成医生。

伽利略八岁时开始上学，他的功课很好，同时又表现出了绘画与音乐方面的才能。他的眼睛总是闪着好奇的光芒，脑子里面总是充满各种各样的奇思妙想。

十二岁时，伽利略全家迁到佛罗伦萨，他被送到一所古老的卡马多斯修道院学习。十七岁那年，伽利略进入比萨大学学医，他性格率直不迷信书本，在大学里以反驳教授出名。

在课堂上，伽利略越来越不能忍受那沿袭了数百年的教学方法。他奇怪为什么教授只会在讲义和黑板上为人治病，而不去临床显显身手。他多次大胆地提出疑问，但得到的回答总是：从来如此，我们不必刨根问底……终于伽利略不能安心端坐在医学课堂里，他对医学的兴趣日渐懈怠，经常缺课，有时甚至魂不守舍。一个偶然的机会，他从数学家里奇那里听到关于古希腊欧几里得《几何原本》的演讲，十分兴奋：这是多么严谨、多么富有逻辑性、多么神奇的科学啊！没有因为就没有所以，没有论证就得不出结论……他再也抑制不住自己的喜悦。数学像磁石般吸引着伽利略，他放弃了学医，着手钻研起数学和哲学来，从此，他坚定地一步步踏上了科学殿堂的台阶。

词语百宝箱

奇思妙想　刨根问底

日渐懈怠　魂不守舍

1583 年，伽利略有一次在教堂闲坐时偶然发现了钟摆的等时性现象，然后他做了大量实验证实了这一原理。可是当时社会并不接受伽利略的发现和他所谓的实验，有人惊讶，有人不屑，还有人将其视为异端，校方更是难以容忍，拒绝发给他毕业文凭。

离开大学的最初几年，伽利略来往于佛罗伦萨和锡耶间担任私人数学教师。这段时期，他利用杠杆原理发明了一种“比重秤”，很快在佛罗伦萨声名大震。1589 年，在宫廷数学家里奇的帮助下，二十五岁的伽利略幸运地获得了比萨大学数学教授的职位。终于，他可以畅游在自己的数学王国了。

有一次，这位年轻的教授在研究院居然驳斥亚里士多德的学说。亚里士多德曾认为：物体的重量越大，下落的速度越快。而伽利略认为：相同材料的物体通过同一介质下落时间相同，与绝对重量无关。当时，为了证明自己的观点，伽利略曾将一些有学问的教授邀请到著名的比萨斜塔下去观看实验。

当人们亲眼看到重一磅和重十磅的铁球几乎同时落地时，斜塔边激起了一阵不小的骚动，尤其是那些笃信亚里士多德理论的大学教授，被伽利略的实验惊得目瞪口呆。落体实验后，伽利略转向另一力学课题——运动与力的关系。一千多年来，人们从未怀疑过亚里士多德的观点：物体运动是外力作用的结果，作用力越大，运动速度越快，一旦外力作用消失，运动物体就趋于静止。伽利略认为单凭直觉是不可靠的，他开始着手进行物体斜面运动的实验。通过实验他发现了“惯性推理”，从而推翻了亚里士多德的观点。他指出：运动并不需要外力维持；若没有外力的影响，该物体将永远保持原有的运动状态。他的结论后来由牛顿总结为第一运动定律，即惯性定律。他后来研究的抛物线运动轨迹也同样由牛顿继承。牛顿将弹道曲线和行星运动轨迹作为惯性运动定律的佐证，伽利略的发现离“万有引力”仅一步之遥。也许是一种巧合，伽利略逝世的同年，牛顿诞生了。科学探索的火炬就像接力棒一样传到了牛顿手中。爱因斯坦曾高度评价伽利略的贡献：“他的发现以及所应用的科学推理方法，是人类思想史上最伟大的成就之一，它标志着物理学的真正开端。”

然而，伽利略不迷信权威的个性也使他得罪了不少人。不久他不得不离开比萨大学。

1592 年，通过朋友的帮助，帕多瓦大学正式聘用伽利略为数学和天文学教授，这里的薪水是原来的三倍，学术气氛也相当自由。二十八岁的伽利略意气风发地走向帕多瓦大学教授的讲台。据说每逢他讲课，大厅里就挤得水泄不通，学校特意给他换了一个大课堂，以便能容纳更多的学生听讲。1602 年，伽利略开始重新思考斜面运动和落体问题。这一次，他发现了“加速度”的确切计算方法，并终于得出结论：从静止开始，距离随着所用的时间呈平方增长。

词语百宝箱

佐证　一步之遥
意气风发　水泄不通
神秘无垠

1609 年 12 月 1 日，伽利略经过反复琢磨，造出了一架可放大二十倍的望远镜，他将目标转向神秘无垠的太空。伽利略利用望远镜发现了太空中一个巨大的星群，星群的远处有许多星星，现代天文学就此诞生了。第二天，伽利略将涂成深色的望远镜对准了太阳，他发现在太阳炽热的表面上浮荡着一层层奇怪的黑色风暴——我们今天称它为太阳黑子。他猜想：太阳也像地球一样，是绕着自身的轴旋转的。如果真是这样，那就说明太阳也同样不仅仅是沿着某个不可思议的轨道运行，它还有自转。

1610 年 1 月 7 日这个日子将永垂史册。当伽利略将望远镜对准木星时，他发现木星附近有三颗小星，两颗在左，一颗在右，呈直线排列。1 月 13 日夜，他又看到木星周围一共有四颗小星，一颗在左，三颗在右，他明白了，这四颗小星都是木星的卫星！这是人们迄今为止所知道的木星的十二颗卫星中的四颗。

亚里士多德的信徒终于不能忍受，群起而攻之。一位著名的神父曾公开批判伽利略和他的学说，罗马也在调查伽利略的新论，教廷在重新考虑对他的承认。1616 年 3 月 5 日，天主教会通过决议，宣布哥白尼学说为“异端”，将哥白尼的著作《天体运行论》列为禁书；凡宣传哥白尼学说的出版物一律不许发行。几乎同时，伽利略受到来自红衣天主教理事会的警告：不得将哥白尼学说作为绝对事实进行讨论和辩解。伽利略对此感到吃惊和恐惧，他深知教廷的厉害——意大利的天文学家布鲁诺为捍卫哥白尼学说被烧死在罗马百花广场。万念俱灰的伽利略在保证书上签了字，然后带着沮丧和羞愧回到了佛罗伦萨。接下来的八年时光里，他几乎过着隐居的生活，继续在实验室里静静地做实验，不敢将所发现的东西公之于世。

> **词语百宝箱**
>
> 不可思议　群起而攻之
>
> 公之于世　顶撞

时间久了，伽利略已无法抑制他的思想，他出版了一部名为《关于托勒密和哥白尼两大世界体系的对话》的论著。这本书对人类科学的影响极其深远，它与哥白尼的《天体运行论》、牛顿的《自然哲学的数学原理》被后人并称为近代天文学三部最伟大的文献。为了这部著作，年近七旬的伽利略受到了极不公平的待遇，付出了沉重的代价，因为当时他再度顶撞了正统的教条信仰。

1632 年 8 月，罗马教廷下令查禁这本书，两个月后，伽利略接到罗马宗教法庭的传讯。灾难和恐惧再度降临到伽利略头上。

在收到第二次的传讯通知书时，伽利略正在病中，医生写了证明书：“伽利略生病在床。他可能到不了罗马，就到另一个世界去了。”但宗教裁判所是无情的：“只要他能勉强走路，就把他抓起来，锁上铁链，押到罗马来。”伽利略在霜冻的冬季，启程赶赴罗马，到罗马时已经奄奄一息。当他被押到审判官前受审时，无论从精神上还是从肉体上，他都衰弱到了极点，已无法为自己进行辩护了。对他的审讯一直进行了六个月。在审讯期间，他不但得到了抱有自由思想的人们的支持，也得到了不少天主教学者和教会人士的支持。但是宗教裁判所最终如愿以偿：伽利略被迫发誓，同他对地球的运动的信念一刀两断。

据说，当朋友们搀扶着发抖的、筋疲力尽的伽利略离开法庭时，人们听见伽利略仍喃喃地说：“但是地球确实在运动呀！”

随后，伽利略被判处了终身监禁，他的著作也被列为禁书。

但是真理是不可抗拒的，科学终究要战胜邪恶。伽利略去世后的 1979 年 11 月 10 日，罗马教皇承认 17 世纪 30 年代伽利略受到的教廷审判是不公正的。诚如教皇乌尔班八世在写给费迪南德大公的信中所说：“只要木星的光芒在天空中闪耀，地球上的人就永远不会忘记伽利略。”

心灵絮语

真理就是具备这种力量，你越是想要攻击它，你的攻击就越加充实和证明了它。追求科学，需要特别的勇敢。

美国开国元勋华盛顿

人物介绍

华盛顿，美国第一任总统，被尊称为“美国国父”，与林肯一起被称为“美国历史上最伟大的总统”。

1732 年 2 月 22 日上午十点钟左右，乔治·华盛顿在北美弗吉尼亚州威斯特摩兰县布里奇斯溪庄园的老屋降生了。华盛顿的童年时光大多是在位于拉帕汉诺河边的弗雷德里克斯度过的，美好而无忧无虑。少年时代的华盛顿只在一所老式的学堂接受过初步教育，学习了一些简单的科目，如识字、写算等。从此以后，他再也没有受到过系统而正规的教育，但是华盛顿凭借着顽强的毅力和好学的精神，通过自学不断丰富自己，最终把自己塑造成为一位世界伟人，一个为人类进步做出表率和巨大贡献的人。

词语百宝箱

无忧无虑

毅力　环绕

华盛顿的父母没有受过多少教育，可是他们对孩子的教育很热心。由于他们住的地方是原始丛林环绕着的一个新开辟的地区，附近没有学校，唯一可以接受教育的地方只是一间孤立在田野间、用数片薄板搭成的小木屋。

教会里的一位叫荷比的传教士在小木屋内教导学生，华盛顿在他的指导下学习识字和数学。华盛顿常与同学在森林中做军事游戏，在拉帕汉诺河里划船、钓鱼和游泳。

华盛顿弟兄四人，他最敬重的是同父异母的哥哥劳伦斯·华盛顿。他最喜欢听这位富有军人气质的兄长讲述战斗故事，也是这位兄长，对华盛顿一生的命运起了关键性的影响。华盛顿十一岁那年，父亲因病去世，这在华盛顿的心里留下了难以磨灭的悲痛。

“我也要表现得和爸爸同样杰出。”他暗暗地发誓。根据法律，父亲所留下的遗产，大部分都归大儿子劳伦斯继承，老二奥拓斯丁继承了一部分，留给华盛顿母亲的财产，华盛顿兄弟几个长大后才能获得。“现在，你们再也不是地主家的小少爷，不能再过那种舒服的日子了！大家要去开垦自己的土地，开辟自己的道路才行。”华盛顿的母亲训诫孩子们说。

华盛顿喜欢学习切合实际的功课，不喜欢死啃书本，他非常喜欢测量学，在他的笔记本上，写满了关于票据以及土地买卖的契约、证明文件、借据、遗书等文件的格式。大哥劳伦斯和二哥奥拓斯丁本打算把他送到英国的大学去读书，但华盛顿对此并没有兴趣，他对大哥说：“我并不想效法英国绅士研读拉丁文，只希望做一个拥有独立人格、精神高贵的人。”

1748 年，英、法两国为了争夺在北美的领地和利益发生了冲突，双方开始备战。命运为华盛顿提供了一个走入军界的机会，华盛顿由此成为英属弗吉尼亚地区的一个少校副官，时年十九岁。

英法两国在俄底俄河的斗争加剧，弗吉尼亚总督感到不安，他写了一封措辞严厉的信，要求法国人放弃这块土地。但是递交这封最后通牒需要穿越一片人迹罕至的危险地带，这需要一个不卑不亢、机智勇敢的使者去完成这个使命。华盛顿的杰出才华使他获得了这个使命。华盛顿一行

词语百宝箱

开垦　训诫　契约
措辞　最后通牒

人历经了千辛万苦，终于将信件送达法国人手中，递交了通牒，完成了使命并胜利返回。

为了祖国和领地人民的安全，华盛顿从大局出发，积极参与抗击英法的斗争。1758 年，二十六岁的华盛顿已经在战争中经历了九死一生，被称为“最勇敢的人”。

1774 年，全面革命爆发已迫在眉睫。北美十三个英属殖民地代表在费城进行了首次大陆会议，华盛顿作为弗吉尼亚的代表出席了此次会议。1775 年 4 月 18 日，莱克星顿的枪声很快传遍了整个北美大地，华盛顿果断地投入到北美殖民地人民反英武装斗争中。

第二届大陆会议在费城举行时，华盛顿是唯一身着戎装的代表。最终他当选并被任命为大陆军总司令，时年四十三岁。1776 年英军攻占纽约，华盛顿号召公民献烟帮助他的军队，他说：“公民们，你们不给钱，就给烟。”

在独立战争的紧要关头，华盛顿发表了《独立宣言》，这为独立战争增加了新的动力。在战争中，华盛顿处事谨慎，积极进取，有忍耐力，更有魄力。在每次战斗中，他都骑着自己的白马冲锋陷阵。在危急时刻，为确保战争的胜利，出于对华盛顿高尚人格与品德的极度信任，大陆会议决定授予他相当独断的军权。

1783 年 3 月下旬，英美签署和平协议。4 月 19 日，战争结束，这一场独立战争整整进行了八年。战争结束了，华盛顿时年五十一岁。他辞去军职，告别部队。在费城，他与财政部的审计人员一起核查了他在整个战争过程中的开支，账目清楚准确，他甚至还补贴了许多自己的钱。

1787 年，制宪会议在费城召开。华盛顿作为必不可少的人物参加了会议，并成为会议的主席。在会议上，华盛顿竭尽全力用自己的威望和影响力为代表们之间的相互沟通创造气氛，起到了平衡和协调的作用。最终所有代表都同意将行政权力赋予一人——美利坚合众国的总统，制宪会议取得了巨大成功。

华盛顿成为美国历史上第一位总统，第一位全票当选的总统，第一位没有任何党派身份的总统。1789 年 4 月 30 日，在万众瞩目中，华盛顿迈着坚定而庄重的步伐走上就职的讲台，他手按《圣经》，在大法官的主持下，进行了庄严的宣誓。宣誓就职后，华盛顿以惯有的谦恭回应了人民的盛情。

对于像他这样一个功成名就、光明磊落之士，政治的纷争常常使他痛苦不堪，他渴望能尽快卸下重担，过自由自在的田园生活。但在第一期任满后，人们都强烈希望华盛顿连任总统。经过长期的思想斗争，华盛顿同意参加第二任竞选，他再次被选举院一致推选为总统。在他的正确领导下，美国跨过了一次次危机，走向了稳定的正途，为美国的稳定、繁荣打下了坚实的基础。

华盛顿渴望过自由自在的生活，希望安享晚年。1797 年 3 月 3 日，他担任公职的最后一天举行了一次庄重而热烈的告别宴会，最终结束了他的公仆生涯。华盛顿平静地离开了政坛，回到他向往已久的家园——弗家山庄。

他的退隐为美国总统的任期开创了不超过两届的先例。弗家山庄宁静而愉悦的田园生活使这位为国家和人民利益操劳奔波了一生的老人感到从未有过的舒畅。他希望就此自在逍遥了此残生。但是美、法的冲突再次把他拉入政界，国家希望借他的威名与能力，统领军队，抵御外侮。幸运的是战争最终没有爆发，老人又回到了自己的庄园里。

词语百宝箱

冲锋陷阵　万众瞩目
谦恭　退隐　舒畅

1799 年 12 月 14 日，征战一生、功勋卓著的华盛顿平静地离开了人世，没有痛苦，没有叹息。他去世的消息传出后，举国哀痛。昔日的敌国英国也为他的逝世鸣礼炮二十响致哀。

纵观华盛顿一生，他始终做到了在其位谋其政，始终谦虚地使用人民赋予的权力，无愧于“美国国父”的称号。

他是美国的开国元勋，伟大的资产阶级政治家和美国民族英雄，为了纪念他，美国人民把首都命名为华盛顿。

心灵絮语

无论用什么方法获得名誉，如果后面没有品格来扶持，名誉终将消失。华盛顿用他的品格征服了美利坚，也征服了世界。

拿破仑翻越阿尔卑斯山

人物介绍

拿破仑，法国近代史上著名的军事家、政治家。拿破仑执政时期，对内多次镇压反动势力的叛乱，对外五破反法联盟，有力地捍卫了法国大革命的成果。但他多次对外扩张，发动侵略战争，给其他国家带来了灾难。

1800年5月的一天，在终年积雪的阿尔卑斯山上，有一支军队正在陡峭崎岖的小道上艰难地行进着。小路的一边是高耸的山崖，一边是万丈深渊，若行进中稍不留意，就会落入深谷，摔得粉身碎骨。强劲的山风裹挟着雪花，肆无忌惮地抽打在士兵的身上。他们一个个用手臂护着脸，勉强睁着眼睛，小心翼翼地辨认着道路，生怕一失足便做了阿尔卑斯山的孤魂野鬼。

走在这支队伍前面的，是一位矮个子将军。他骑着马，身穿一件灰色大衣，神情沉着，一双炯炯有神的灰色眼睛紧紧盯着前方，似乎要穿透这迷蒙的风雪，看清远方的一切。他就是威名赫赫的拿破仑，此刻正带领着他的远征军，翻越阿尔卑斯山，赶赴意大利。

若问这支法国远征军前往意大利干什么，这还得从拿破仑谈起。拿破仑是在法国的资产阶级大革

词语百宝箱

粉身碎骨　裹挟
小心翼翼　炯炯有神
迷蒙　威名赫赫

命中崛起的年轻将领。

1789 年，法国人民发动武装起义，攻占了象征封建统治的巴士底监狱。两年后，法国国王路易十六及王后被起义的人民逮捕，吊死在绞刑架上。从此，法国历史上延续了一千多年的封建君主制度被推翻，第一个资产阶级共和国也随之诞生了。

法国的大革命引起了欧洲各国封建贵族的极度恐慌，他们害怕法国革命的影响会波及自己的国家，威胁他们的统治。为了推翻刚刚建立的法国资产阶级政权，奥地利、普鲁士、英国、荷兰、西班牙等国的封建君主结成了反法联盟。他们用武力帮助法国的保皇势力占据了法国南部的军事要地土伦港和马赛等地，波旁王朝的白旗又在里昂城里高高挂起。在这内忧外患的紧要关头，拿破仑以他卓越的军事才干脱颖而出。他迅速平息了叛乱，粉碎了第一次反法同盟的阴谋。接着，他又果断地发动了“雾月政变”，登上了第一执政官的宝座。

拿破仑上台时，法国正处在第二次反法联军的包围中。拿破仑很快就看清了形势，他认为，反法联盟中对法国威胁最大的是奥地利。当时奥地利已侵占了意大利，正准备从那儿向法国进攻。拿破仑决定先对付奥地利的军队。

这天，拿破仑和他的秘书布尔里埃纳趴在一张地图上，正在研究如何出兵。拿破仑用一些粘着红蜡和黑蜡的大头针，标志着双方兵力的分布形势，他对着那些红头、黑头的大头针沉思了一会儿，忽然向布尔里埃纳说道：“你猜猜，法军将在什么地方打败敌人？”

布尔里埃纳困惑地耸耸肩，回答说：“天晓得！仗还没打，我怎么会知道呢？”

拿破仑伸手拧了一下布尔里埃纳的耳朵，让他看着地图上的某个地方，说道：“笨蛋！你瞧瞧这儿。奥军统帅梅拉斯和他的大本营在亚历山大里亚。他会在那儿待着的，一直待到热那亚投降为止，因为他的军火库、军医院、炮兵、后备队都在那儿。我呢，我要从这儿，”拿破仑指着标示阿尔卑斯山的大圣伯纳德山口的那个点，接着说，“越过阿尔卑斯山，突袭梅拉斯，把他同奥地利的交通线切断，然后在这儿，在圣吉里亚诺，在斯克里维亚河流过的平原上和他会战。这样就可出奇制胜，打他个人仰马翻。”

布尔里埃纳的眼光跟着拿破仑的手指移动着。听完拿破仑的叙述，他想了想说：“大人，您的这个方案无疑是个大胆的、出奇制胜的方案，可是您考虑过怎样翻越阿尔卑斯山吗？从大圣伯纳德山口过去，那条路很少有人走过。那可是条极其危险、充满死亡的路呀！我们还是从……”拿破仑摆摆手，打断了他的话，斩钉截铁地说：“不，只有从大圣伯纳德山口过去。走那条路，才不容易被敌人发觉。那条路没人敢走，那么，就让我来创造这个奇迹吧！”

进军的路线确定了，可拿破仑还面临一道难题：他必须组建一支六万人的预备军团，最要命的是这一切都必须在不让敌人知道的情况下进行。当时，英国和奥地利的间谍几乎遍及法国的各个角落，他们在时刻关注着法军的每一个行动。怎样才能瞒过这些间谍的耳目呢？

拿破仑经过苦思冥想，终于想出了一个办法。他先把他的参谋部和几个征募来的新兵团召集到第戎城，摆出一副随时准备进攻意大利的架势，而真正要参战的部队则通过不同的途径悄悄地调往瑞士的日内瓦，以便从那儿翻越阿尔卑斯山。同时，他又在巴黎公开声称他将去第戎检阅预备军团。检阅的这天，大批间谍从欧洲各地赶到了第戎。他们惊讶地发现，站在拿破仑面前接受检阅的竟然是一些老弱残兵和刚招来的娃娃兵。这些人穿着各色各样的衣裳，装备也不齐全，那些娃娃兵个头儿比枪高不了多少。原来拿破仑所吹嘘的预备军团竟然是这样一群乌合之众！间谍们失望了，反法联盟的首脑们却高兴万分。检阅结束后，各式各样的讽刺画出现在欧洲的大街小巷，其中有一幅别出心裁的画：上面画着几个童子军和一个接假肢的残疾人，他们毫无生气，可怜

词语百宝箱

波及　脱颖而出
出奇制胜　人仰马翻
苦思冥想　吹嘘
乌合之众　大街小巷
别出心裁

兮兮地站着，肩上挎着清一色木制的儿童玩具枪，下面的标题是：“拿破仑的预备军团”。

与此同时，许多手写的小传单也相继出现了。这些传单是法国情报机关按照拿破仑的意图精心策划撰写的。上面有的记载了有关拿破仑的一些不光彩的趣闻；有的夹杂着一些证明预备军团根本不存在的所谓的证据。这些传单力图给敌人造成一种印象：拿破仑的预备军团完全是编造出来的，它不过是法国人为了欺骗和牵制奥地利人而故意设下的一个圈套而已。

敌人果然上当了。几乎整个欧洲都在传说没有什么“预备军团”的消息。英、奥报纸为此对拿破仑大肆挖苦和讽刺。维也纳有家报纸载文认为拿破仑根本没有什么预备军团，他在虚张声势地吓唬人罢了。奥地利驻意大利军队的总指挥梅拉斯元帅更是喜形于色，他得意地对部将们说：“用来威胁我们的预备军团只是一群乌合之众。拿破仑希望利用它来迷惑我们，逼我们撤军。这个诡计多端的家伙，他希望我们像寓言中的狗一样，为了追一个影子，竟然放过真正的猎物。过去我们上过他不少当，这次我们算是看穿了他的鬼把戏，不会再上当了。”

梅拉斯做梦也没想到，就在他嘲笑法国人的时候，拿破仑正带着一支人强马壮的队伍，翻越阿尔卑斯山，渐渐地向他逼过来了。

法军像一条灰色的长蛇，在阿尔卑斯山的高山深谷中蜿蜒移动着。暴风雪已经停歇，可是道路却愈加险峻。在离山口还有十几公里的地方，路变得越来越窄，步兵和骑兵只能排成一路纵队勉强通过。车辆和笨重的火炮简直寸步难行，道路很快被炮车堵塞了。看到这种情景，拿破仑在路边焦急地来回踱着，一时也想不出什么办法。正在这时，一些热情好客的山民闻风赶来了，在他们的建议下，炮兵指挥官马尔蒙想出了一个巧妙的办法。他让人先把松树干按一定的尺寸截断，再一锯两半，把中间掏空，然

词语百宝箱

圈套　虚张声势
喜形于色　诡计多端
寸步难行

后从炮车上把炮管卸下，装在掏空了的树干中，捆绑好以后，使炮尾朝前，炮台朝后，再在炮尾环上系上绳索，由一百多个小伙子拖着它朝前走。至于原来架炮的车架，则拆卸下来由骡子驮着走。这个方法果然很灵。拿破仑立即命令士兵们砍树做木槽子，忙活了一阵，部队总算顺利地到达了山口。

站在高高的山口，意大利的皮埃蒙特平原已遥遥在望。再回头望去，阿尔卑斯山重重叠叠的山峦在阳光的映照下熠熠闪光。拿破仑身边的一位随从情不自禁地赞叹道："阿尔卑斯山真高啊！"拿破仑自豪地说："可是我站在了它的头上，我比阿尔卑斯山还要高！"说着，他在马上挺了挺身子，仿佛真要跟阿尔卑斯山比个高低。

当法军正为顺利地越过阿尔卑斯山而欢欣鼓舞时，却在通过多拉巴蒂亚河谷时意外地遭到奥军的顽强阻击。多拉巴蒂亚河谷上只有一条狭窄的通道，奥军扼守在河谷上方的堡垒里，居高临下，死死地卡住了法军的去路。拿破仑组织了几次进攻，都因山高坡陡无法攀登而败下阵来。难道冒着九死一生的危险越过了阿尔卑斯山，竟会因为这一条小小的河谷而前功尽弃吗？拿破仑不服输，他举起望远镜，仔细察看了一番地形，一条妙计跃上心头。他命令大部队隐蔽休息，等待天黑。然后他派出小股部队，要他们轮番进攻，不给奥军任何喘息的机会。天一黑，他立即命令大部队在通道上铺上一层厚厚的麦秸和畜粪，又用衣服、被褥等把炮车轮子包裹起来。就这样，几万法军神不知鬼不觉地从奥军的眼皮底下溜了过去。等到奥军发现上当时，拿破仑已率领队伍走得无影无踪了。

心灵絮语

拿破仑凭着自己的聪明才智和辉煌的战功名震欧洲。他创立的帝国无比辉煌使世人瞩目。

章西女王誓死卫国

人|物|介|绍

章西女王又译詹西女王，印度民族英雄，领导了印度民族大起义，沉重打击了英国殖民统治，打破了英国殖民者不可战胜的神话。章西女王牺牲时年仅二十三岁，被誉为“印度的圣女贞德”。

19 世纪，印度逐渐沦为英国的殖民地，饱受英国殖民者的残酷压榨。印度人民为反抗英国的殖民统治，在 1857 至 1859 年举行了民族解放大起义。这次起义规模之大、地区之广，在印度反抗外国侵略的斗争史上是空前的。在起义中涌现出许多英雄人物，章西女王拉克希米·拜依就是其中的佼佼者。

拉克希米·拜依本是章西公国国王冈迦德·拉奥登的王后，1853 年，冈迦德不幸病故，由于没有子嗣，拉克希米·拜依便以章西女王的身份开始执政，成为章西公国的统治者。

冈迦德国王死后不久，英国驻印度总督就以章西国王无子嗣为由，妄图将章西强行合并于东印度公司管辖的范围内，使之成为英国直接统治的殖民地。但是，热爱独立的章西女王断然拒绝向英国屈膝投降。在 1857 年 5 月德里起义的影响下，章西女王毅然宣布起义，举起了民族解放的旗帜。她号召章西人民决不放弃他们世世代代生活的土地，要以武力消灭英国侵略者，为保卫自己的家园而战。

1858 年初，英国殖民当局制订了镇压印度各地起义的军事计划。他们派罗斯将军率领近万名英兵去攻打章西公国。3 月 23 日，章西城保卫战打响了。在章西女王的指挥下，章西人民打退了敌军的一次次进攻。

4 月 3 日，章西城保卫战进入第十二天。这天拂晓，英军重新集结兵力，发起了又一次攻击。章西女王临危不惧，挥舞着宝剑，到处奔波，指挥起义战士与英军拼杀。章西军民顽强抵抗，英军不能前进一步。

然而，就在这时，南门告急了。原来，负责驻守南门的军官都哈祖里私通外国，投降了英军。英军最终冲进了章西城。

女王站在最高的炮塔上，举起手中的望远镜观察。她发现英军攻进城后正向各个炮塔进攻，城里燃起了大火。士兵们的拼杀声和老百姓的哭号声交织在一起。见敌人放火焚烧图书馆和博物馆，章西女王怒火中烧。她立即召集城堡里的全体军官，向他们宣布了自己的决定：“走出城堡，解救章西城！”

女王率领一千多名战士冲出城堡，与敌人展开了巷战。他们如猛虎下山反击侵略者，英军只好退守到建筑物里放冷枪。

随着增援的英军大量拥入章西城，女王只好带着队伍返回城堡。她现在只剩下三百多名战士，其余的都在刚才的战斗中倒下了。

英军每前进一寸土地，都要经过一场激烈的战斗，付出巨大的代价。气得发疯的英国侵略军进行了野蛮的报复，他们放火焚烧房屋，杀死抓到的每一个章西军民，老人、孩子都不能幸免。章西城淹没在火海与血泊之中。

女王目睹了这场可怕的灾难，心情十分悲痛。她换了一身衣服，命令士兵们到城堡底层集合，她向他们宣布了自己的决定：“英国人包围了我们，很可能明天就要攻进城堡。我们四千名守城战士，绝大部分都英勇牺牲了。我们活着的人也决不会投降。我已选择了在战场上战死。可是，作为一个女人，我不愿敌人玷污我的身体。因此，我决定亲手点燃火药库剩下的上万公斤火药，与敌人同归于尽。而你们可以利用这个爆炸的机会，通过秘密通道撤离城堡。”

士兵们苦苦哀求女王不要这样做，他们说：“陛下！您是章西的统治者，您是章西的希望！您曾发过誓，要捍卫人民的利益，要为独立自由而活。如果您现在献出了生命，章西的独立大业该由谁来完成呢？您应该突围出去，到卡尔比，重整旗鼓，再开始新的战斗。”

女王接受了劝告，她振作起精神，坚定地说：“弟兄们，请忘掉我刚才不理智的表现吧，我会奋战到底的。今天我向你们宣誓：即使只剩我一个人跟敌人作战，我也会忠于自己的职责。”

章西的守卫战士虽然处境危险，但听了女王的话，深受鼓舞。女王接着做出安排，老弱病残者从秘密通道撤出城堡，有战斗能力的与她一起突围，向卡尔比挺进。此外，她还选择冈迦德国王的一个亲族的八岁儿子，作为章西王室的继承人，命名为达莫德王子。在突围时，她把达莫德王子背在自己的背后，如果她牺牲了，这个男孩将继承王位。

夜半时分，身着男装、手执宝剑，背着达莫德王子的女王率领几十名骑兵和两百多名步兵向邦德门冲去。在章西警察局附近，他们遭遇一队英兵。女王高喊着：“冲啊！为章西而战！”然后率队猛冲过去。一阵殊死搏杀后，起义战士终于冲出了重围，扑向邦德门。

邦德门前，一队以织布工组成的起义军正在与英兵展开白刃战。女王率队冲来，在火光里又跟英军进行了激烈的战斗。英兵溃散，女王的部队冲出了城，一路上只遇到少量英兵的阻截。在安佳尼山冈通过英军的关卡时，又发生了一次小规模的战斗，女王顺利过关后，身后只剩二三十人了。

词语百宝箱

告急　怒火中烧
玷污　重整旗鼓
关卡

黎明时分，他们渡过了巴虎士河。女王的队伍最终摆脱了英军的追击，半夜时分，终于到达卡尔比城，与占据该城的但提亚·多比的起义部队会合。

聚集在卡尔比的起义军首领，除但提亚·多比外，还有附近城邦的王公。第二天天刚亮，章西女王就与他们举行了会谈，决定举起马拉特帝国的旗帜，为驱除英国侵略军、为祖国的自由而战。

女王离开章西后，章西城陷落。英国士兵占领城堡后，展开了屠杀、放火、抢劫。三千多名无辜居民在这次大屠杀中遇难。英国军队还洗劫了著名的吉祥女神庙，把神像搬下宝座，装进麻袋，运到英国去。

英国军队血洗章西城的暴行传来，女王的内心充满了愤怒和悲痛。她恨不得立刻率兵杀回章西，报仇雪恨。她与其他起义军首领一起，加紧对部队进行训练。

经过整顿的起义军对罗斯指挥的第二十五联队英军发动了进攻。在战斗中，章西女王冲在最前面，这位年轻的女英雄，跃马冲锋，左右挥舞着宝剑，砍杀敌人。战士们在她的鼓舞下，随她冲锋陷阵，英勇杀敌。他们手执大刀，冲进敌军的炮兵阵地，英军遭到惨败，落荒而逃。

起义军的这次袭击给了罗斯沉重的打击。但他不甘心失败，又调集了不少军队，重新布置，集中所有兵力猛攻起义军的据点卡尔比城。5月23日，经过多次激战，杀伤大量英军后，起义军被迫撤离卡尔比，向坎普尔转移。

章西女王和但提亚·多比决定率领起义军西征军事重地瓜廖尔。6月1日，他们赶走了英国殖民者的忠实走狗瓜廖尔城邦王信地亚，进入瓜廖尔城，成立了新的政府，任命但提亚为起义军总司令。在章西女王的建议下，但提亚着手扩充军队，数千名战士投入了新的战斗，起义军的大炮又开始向英军轰击了。

罗斯听到起义军的炮声，十分惊恐，急忙指挥他的军队向瓜廖尔扑来。

提亚负责城防，章西女王则负责指挥城郊的战斗。他们宁肯牺牲生命，也决不退让一寸土地。

英军发起进攻后，东南郊一带战斗十分激烈。章西女王身着男装，跨上战马，挥舞着宝剑，率领她的军队向敌人发起一次次冲锋。英国将军史密斯率部多次向章西女王的阵地冲击，均以失败告终。为配合史密斯的进攻，罗斯也亲自指挥一支英军偷偷袭击女王阵地的另一侧，形成夹击的形势。

6 月 18 日，太阳刚刚升起，英军便悄悄地逼近女王的阵地。这时，章西女王的两名女兵刚刚拿来草料，战马还未来得及吃草，战斗就开始了。女王立即跃身上马，率队杀敌。在陷入重围、腹背受敌的情况下，女王毫不畏惧，身先士卒，同英军展开了生死搏斗。她集中兵力，冲出了英军的包围。

经过一番激战，女王的身边只剩下二十多名骑兵和两名女兵了。她一马当先，用利剑扫清前进的道路。在这场众寡悬殊的战斗中，女兵玛达尔和十几名骑兵先后阵亡。紧追女王的英国骑兵也只剩下十四五个。

临近黄昏时，章西女王带着卡西以及卫士第思慕、辛赫三人，一面冲杀，一面前进，来到一条名叫松列卡的小河边。过了这条河，他们就可以找到撤退下来的其他起义军，也就可以摆脱英军的追赶了。

词语百宝箱

腹背受敌　身先士卒

一马当先　精疲力竭

但是，女王的马突然在河边站住了，任她怎么驱赶，马儿总是站在原地不动。原来她的马经过一昼夜的连续征战，又没吃上草料，早已精疲力竭，它再也没有力气跳过这条小河了。这样就给英国骑兵赢得了时间，他们很快赶上了女王和她的卫士。

一个英兵拔出手枪，向女王开了一枪，子弹打中了女王的左腿。女王忍住剧痛，全身伏在马背上，很快摸出在左腰插着的手枪，一枪打死了那个英兵。

这时，另一个敌兵从侧面向女王冲过来，抡刀砍中了她的头部，使她遭到致命的一击。女王却在最后的一刹那，用右手的宝剑刺进了这个敌人的胸膛。辛赫飞快地冲过来，狠狠地把那个敌人一刀劈成了两段。剩下的几个英兵扭转马头撤走了。

卫士第思慕和女兵卡西赶来，扶起从马上摔下来的女王。但女王已经昏迷过去了。隔了一会儿，女王似乎醒了过来，嘴里发出喃喃的细语声：“光荣……属于……章西！”

女王脸上突然显出喜悦的神情，然后头一沉，停止了呼吸。

心灵絮语

章西女王为国捐躯，她的英名和光辉形象永远留在印度人民心中。正如当代印度史学家申博士所说：“在印度人民的心目中，她是一个永不消逝的巨人。”

印度尼西亚英雄蒂博尼哥罗

人｜物｜介｜绍

蒂博尼哥罗，印度尼西亚民族英雄，领导了1825年至1830年印度尼西亚反抗荷兰殖民主义的起义。由于蒂博尼哥罗的突出贡献，印度尼西亚许多城市的街道都以他的名字命名。

印度尼西亚最初为英国殖民地，1816年由荷兰殖民者接管。荷兰接管印尼后，重新恢复贸易垄断制度，实行关税保护，保留了荷兰东印度公司时期的剥削方式，如强迫农民种植咖啡等。同时，沿用了英国的货币地租制，从而使农民的负担更重了。另外，还有各种税收，如土地税、关卡税、门户税、人头税等三十多种苛捐杂税，农民负债累累。爪哇封建主也大肆鱼肉百姓，农民难以忍受这种残酷的剥削和压榨，纷纷起义。1822年，在葛都—巴格连地区爆发了农民起义，1823年至1825年，三宝垅和加拉横地区也爆发了农民起义。除了农民不满统治者的压迫之外，封建主也对荷兰殖民者心怀不满。荷兰殖民者任意削减他们的领地，限制他们的各项贵族特权，干涉当时马塔王国的内政。因此，这些贵族封建主也希望能够推翻荷兰殖民者的统治。

蒂博尼哥罗就是在这样的情况下发动起义的。蒂博尼哥罗出身贵族，是爪哇岛上一个小王国日惹的最高统治者苏丹的儿子。本来，他想继承马塔兰王位，试图把马塔兰重建成一个独立强大的伊斯兰教封建王国，但这有损于荷兰殖民者的利益，所以荷兰殖民者总是对他不怀好意。1825 年 7 月，殖民者借口修筑公路，破坏了蒂博尼哥罗的领地，蒂博尼哥罗异常气愤，公开反对殖民者的无理行径。结果，荷兰人就想逮捕蒂博尼哥罗。这件事成了蒂博尼哥罗组织武装起义的导火索。

他首先在日惹附近的德卡尔列地区暗暗组建了一支队伍，准备在时机成熟时发动起义。但荷兰人很快发现了这件事，便取消了蒂博尼哥罗的王位继承权。蒂博尼哥罗毫不屈服，1825 年 7 月 20 日，蒂博尼哥罗正在阅读一封日惹州长的来信，信中要求他搬回日惹居住，他清楚地知道，这是荷兰殖民者想诱骗他到日惹，于是他决定不予理睬。突然，远处传来一声炮声，蒂博尼哥罗拍案而起，愤怒地对周围的人说："他们想软硬兼施，难道我会怕他们吗？"说完，他命令队伍赶快集合，立即转移。就这样，轰轰烈烈的民族武装斗争开始了。

起义军转移到卡里梭科地区，蒂博尼哥罗树起圣战的旗帜，号召人民起来推翻荷兰的殖民统治，于是，人们从四面八方拥向卡里梭科，参加起义。日惹苏丹的七十多名后裔和著名的伊斯兰阿訇奇阿依·摩佐等都参加了起义，许多华侨也争相加入。起义队伍迅速壮大起来。

起义军针对敌强我弱的情况，采取了灵活机动的战术原则，不断骚扰、袭击荷军。

开始，蒂博尼哥罗把部队驻守在离日惹荷军只有十几公里的斯拉朗，在这里，起义军不断杀死荷兰官吏，烧毁荷兰人的住宅、关卡、仓库以及种植园等。起义军接连消灭了从日惹派出的几支荷军小部队，日惹的对外交通线也被起义军切断，护粮队遭到起义军的袭击。有一次，起义军还围困了荷军城堡，躲在城堡里的

词语百宝箱

垄断　负债累累
鱼肉百姓　压榨
诱骗　理睬
敌强我弱

荷兰州长吓得魂不附体，急忙向总督告急："我们兵力不足，资源短缺，已无力坚守下去，快发救兵吧，不然，我们将在城堡内饿死！"荷兰总督迅速派重兵去增援日惹。但是，当荷兰援军赶到时，蒂博尼哥罗已率领起义军消失得无影无踪了。荷军人气急败坏，决定将大军转攻起义军的根据地斯拉朗。

于是，荷军几千人马、几十门大炮在荷兰副总督德·科克的率领下，转而向斯拉朗进军，企图一举消灭起义部队。德·科克扬扬得意地盘算着如何制服起义军，不知不觉间队伍已顺利进入斯拉朗。他正欲下令部队向起义军发动进攻，突然听到士兵报告道："斯拉朗空无一人，起义军不知去向。""什么？不知去向？"德·科克吃了一惊，但他很快恢复了镇定，心想："狡猾的蒂博尼哥罗！又让我扑了个空。我该怎么办呢？回去吧，大部队连起义军的影子都没见到，更不用说消灭起义军了。再说，也不好向上司交差。不回去吧，到哪里寻找起义军呢？"突然，他眼珠一转，有了。他马上命令道："放火，给我放火，把这座空城化为灰烬，我要看看蒂博尼哥罗能藏到哪里去！哈哈，蒂博尼哥罗，你插翅难飞了！"顿时，斯拉朗烈焰熊熊，火光冲天，一片火海。德·科克满脸微笑，留下将军范·兴率军驻守，自己掉转马头回日惹去了。

其实，蒂博尼哥罗并未远离斯拉朗，德·科克率领主力军撤走后，他们又迅速回师斯拉朗，途中，与范·兴的部队相遇，双方立即投入了战斗。起义军率先发起猛攻，力图有效地打击敌人的力量。他们利用灵活机动的作战方式，打得荷军晕头转向，损失惨重。当荷军迅速做出反应，准备回击起义军时，起义军却眨眼间消失了。范·兴下令追击，但连起义军逃往哪个方向都搞不清。起义军这种战术取得了成功，几个月的时间，蒂博尼哥罗已控制了爪哇岛的大部分地区。

1825 年 10 月，蒂博尼哥罗建立了伊斯兰教封建王国，自称为爪哇苏丹。同时，他赐官封爵，整顿起义军，并在起义军中颁布了严明的纪律。虽然起义军的武器简陋，缺少枪支、大炮，但是起义军主要由农民组成，其目的是推翻荷兰殖民者的殖民统治，因而得到了人民群众的热烈拥护和支持，战斗力大大增强了。

1826年末，起义军对荷军驻守的一个城镇发动了攻坚战，结果遭到失败，伤亡惨重。蒂博尼哥罗本人身负重伤，其长子也被荷兰人俘虏，起义军受到严重影响，战争双方处于相持状态。德·科克见俘虏了蒂博尼哥罗的长子，欣喜若狂，立即以此威胁蒂博尼哥罗，要他率起义军投降，蒂博尼哥罗一气之下撕毁了德·科克的信件，愤怒地说："可恶的强盗，你们可以杀掉我的儿子，但千百万起义军你们是杀不完的，我最终要清算这笔血债！"

蒂博尼哥罗的这种置国家、民族利益于个人利益之上的作为深深地鼓舞了人民的抗敌斗争。遗憾的是，起义军遭受损失后，内部分裂，蒂博尼哥罗和摩佐为争夺最高领导权，不时发生摩擦，这严重削弱了起义军的战斗力。另一方面，荷军派人插入起义军内部，挑拨矛盾，分裂起义军，同时又收买参加起义的封建主，企图瓦解起义军队伍。在战术上，荷军为对付起义军的游击战，采用碉堡战术，围困和孤立起义军。1828年3月，爪哇北岸南旦地区的起义军被荷军镇压，从此，爪哇岛起义军一蹶不振。这年末，摩佐投降荷兰殖民者，起义军受到打击，遭受严重挫折。次年10月，起义军中著名的青年将领占托特也投降了敌人。不久，参加起义的封建主纷纷倒戈，轰轰烈烈的起义渐趋尾声。

词语百宝箱

插翅难飞　晕头转向

摩擦

尽管如此，蒂博尼哥罗仍然顽强不屈地坚持斗争。荷军悬赏五万荷盾到处捉拿他，但没有一个农民为了赏金而出卖他，他受到广大群众的保护。虽然条件艰苦，蒂博尼哥罗的抗敌意志却始终没有消减，他仍然率领起义军的余部与敌人作战。

1830年初，德·科克邀请蒂博尼哥罗谈判，并做出承诺，无论谈判成与不成，都保证蒂博尼哥罗的安全。但是，当蒂博尼哥罗带着次子和官员来到谈判地点时，他们突然发现上当了，院子周围隐藏着不少荷枪实弹的荷兰士兵，荷兰官员们来谈判时也都带着武器，气氛十分紧张。蒂博尼哥罗早已把生死置之度外，仍镇定自若地与德·科克对话。德·科克却脸色一变，凶相毕露，马上下令逮捕了蒂博尼哥罗。蒂博尼哥罗斥责德·科克背信弃义，德·科克无言以对，慌忙走掉。荷军一拥而上，逮捕了蒂博尼哥罗和他的所有随从官员。之后，蒂博尼哥罗被囚禁到远离爪哇的苏拉威西岛的望加锡。爪哇起义迅速被镇压下去。

1855年，印度尼西亚的民族英雄蒂博尼哥罗在流放地死去。

心灵絮语

蒂博尼哥罗所领导的起义虽然以失败告终，但它震慑了荷兰在印度尼西亚的殖民统治，书写了印度尼西亚民族解放运动史上光辉的一页。

诺贝尔发明火药

人物介绍

诺贝尔，瑞典化学家、工程师、发明家。诺贝尔一生拥有三百多项专利发明，积累了巨额财富，逝世前立遗嘱设立了诺贝尔奖。为了纪念他，从 1901 年开始，每年 12 月 10 日被定为诺贝尔奖的颁发日。

诺贝尔 1833 年 10 月 21 日生于瑞典斯德哥尔摩的一个技师家庭，九岁随家人迁居俄国彼得堡。

有一天，父亲伊曼纽尔的实验室“轰”的一声爆炸了，父亲带着满身的火药味从实验室里走了出来。看着一脸灰尘的父亲，母亲卡罗琳吓得差点儿昏了过去。

虽然把大家都吓得不轻，父亲却对自己的实验更有信心了。可是实验室不能再使用了，根据家里目前的经济情况，是不能重新建起一个实验室的。这时父亲想起了俄国商业代表团访问瑞典时，团长哈尔特曼博士曾提出过给予他支持的事。

于是父亲告别了家人到俄国去发展，那时诺贝尔已经八岁了。

1842 年 10 月，父亲在俄国得到了一笔奖金，便在彼得堡开办了一个制造水雷和炸药的工厂，然后把全家接到那座城市。

在彼得堡，诺贝尔每到假期和周末总喜欢到父亲的工厂里去，因为他对父亲的炸药非常感兴趣。有一次他还趁工人不注意把炸药偷了出来，夜里他悄悄地把炸药放在纸筒里，然后把纸筒点燃，火药在夜空中喷射出美丽的火花。他认为这还不够刺激，又把剩余的火药放进一个空的铁罐子里面，然后用比较有韧性的纸搓成一个长条，作为导火线。他认为有导火线后，点燃火药时才不容易受伤。

导火线做好了，诺贝尔点燃了它，然后迅速地跑到远处躲了起来。“砰！”一阵巨响把家人吓得赶紧跑了出来，当家人看到铁罐的碎片，嗅到空气中浓浓的火药味后，都知道是怎么回事了，母亲狠狠地教训了诺贝尔一顿。

自从这件事发生以后，父亲不再让诺贝尔玩火药了，他去工厂里，工人们也不让他拿火药。

不能碰火药，反倒使诺贝尔对火药的配制产生了兴趣，他从父亲的书架上找出了关于化学方面的书本，还找到了配制火药的方法。

诺贝尔发现火药是用硝石、木炭和硫黄混合制成的，他从家里的储藏室里找出一块冬天烧火的木炭，然后从火柴上刮下硫黄，最后只有硝石难找，他想起了父亲的工厂。一天，他悄悄来到父亲的工厂里，找到了装硝酸钾地瓶子，然后把这些白色的粉末悄悄地拿回了家里，自制起炸药来。经过反复的实验，诺贝尔终于找到了最佳的炸药混合比例，这对一个孩子来说，真是件了不起的事情。

1850 年，父亲送诺贝尔去美国学习机械，但他的兴趣却在化学方面。两年以后，他又回到俄国，在父亲开办的工厂里工作，开发地雷、水雷和其他炸药。父亲的工厂倒闭后，他开始独立谋生。

早在 1846 年西欧就出现了一种炸药——硝化甘油。它威力巨大，但性质极为神秘。诺贝尔最初见到硝化甘油是在彼得堡的时候。当时有位名叫西宁的教授，曾在诺贝尔父子面前进行过实验。他把硝化甘油滴在铁砧上，然后用铁锤捶击，受到捶击的部分立即发生了爆炸。这次实验给诺贝尔留下了深刻的印象。从此，他便对硝化甘油产生了浓厚的兴趣。接着，他反复实验，寻找引爆硝化甘油的方法。

他首先想到利用黑色火药使硝化甘油爆炸。最初，他把装满硝化甘油的玻璃管套进装满黑色火药的金属管，然后，以火绳点上火去燃放黑色火药，但效果不理想。1862 年夏天，他成功地进行了一次水下爆炸实验。他先把硝化甘油装入玻璃管内封闭起来，再把这只玻璃管放进装满火药的锡管里，最后装上导火索。实验成功了，但火药量远大于硝化甘油，这个装置不具备实用价值。他又想办法用蜡将装火药的玻璃管口封死，然后与导火索接好，最后放入装有硝化甘油的容器内。

这个装置又取得了成功。这是世界上第一个雷管装置，它是诺贝尔冒着生命危险进行实验研究得到的成果。诺贝尔并不满足，他对雷管加以改进。他将玻璃管开一个小孔，插上塞子，塞子跳出，其起爆力便传至整个硝化甘油。这一革新为爆炸装置增加了不少威力，爆炸也更准确。这是火药发展史上的重大革新。这个方法的发现使硝化甘油炸药进入了实用阶段，但是硝化甘油的安全问题又随之而来。

1864 年 9 月 3 日，实验室发生了空前的大爆炸，许多在场者当场被炸死，其中包括诺贝尔天分极高的弟弟——埃米尔。这次事故对诺贝尔家庭来说是致命的，诺贝尔因悲伤过度而中风，导致半身不遂。由于爆炸过于猛烈，周围的居民联合向政府提出要求，禁止诺贝尔在市内进行炸药实验。震惊的瑞典政府做出决定，禁止诺贝尔在市内进行实验。

诺贝尔在悲痛中并没有动摇研制炸药的决心。市内不能进行实验，他就到郊外去进行。诺贝尔租了一条船，在离斯德哥尔摩三百多公里的马拉湖上设立了一个小实验室，继续研制炸药。直到次年，他才又找到地方继续实验。这时，诺贝尔研究的主要课题仍然是寻求一种代替火药的引爆物。

1867 年秋天，他找到了雷酸汞。这次成功是用鲜血换来的。在进行最后的实验时，只听轰隆一声巨响，实验室被炸得飞上了天，他自己也鲜血淋淋的。人们惊恐万分之际，却看见诺贝尔高兴地欢呼："实验成功啦！"一种新型的引爆雷管在诺贝尔的遍体鳞伤中诞生了。但是，硝化甘油炸药遇到强烈震动就会发生爆炸，因此在使用过程中，重大事故不断发生。

诺贝尔迎难而上。他试验了上千种物质用以使硝化甘油固定。从木屑到棉花，其中的艰辛，绝不亚于爱迪生发明电灯。一次偶然的机会，他找到了硅藻土。诺贝尔把硝化甘油和硅藻土按 3∶1 的比例混合在一起，制成了一种新炸药，这也就是人们所熟悉的黄色安全炸药。

尽管黄色安全炸药为他带来了声望和财富，但诺贝尔并没有因此裹足不前。他把许多不同物质包括枪用火药与硝化甘油混合起来进行试验，希望能找到一种硅藻土的替代品，既能保证炸药的安全性，又能在最大程度上保持硝化甘油的爆炸威力。

1875 年的一个晚上，诺贝尔在做实验的过程中不小心割破了手指，他立即在伤口上涂了一层胶棉液（一种醇精硝化棉溶液）用来止血，然后把涂剩的胶棉液倒入一个盛有硝化甘油的容器中。不料，胶棉液与硝化甘油混合后，马上形成一种他从未见过的酱状物质。诺贝尔立即开始了通宵达旦地研究。第二天早上，当他的助手来上班时，诺贝尔已制成了一种胶体炸药。此后的十余年，诺贝尔仍然一边在各地旅行推销成果，一边潜心科学研究。他开始研制无烟火药。他把同量的硝化甘油和硝化棉混合起来，

词语百宝箱

半身不遂　遍体鳞伤
迎难而上　裹足不前
通宵达旦

再加上一些樟脑制成了燃烧速度极快的无烟火药。不料，这一新发明带来了一场风波。诺贝尔 1889 年向意大利政府出售了无烟炸药的制造权，但他却在法国定居，当时法国政府选用了一个叫维埃子的科学家发明的炸药。出于某种政治目的，法国政府大肆诬蔑诺贝尔偷窃了法国的国家机密，查封了他的研究所。无奈之中，诺贝尔只好中止研究，放弃了在巴黎的设备和机构，迁往意大利圣勒莫。

心灵絮语

诺贝尔一向崇尚科学，认为科学能够征服自然、造福后代，能够唤起人们对未来的希望。正因为如此，他一直坚守信念，并最终发明了火药。

印度圣雄甘地

人|物|介|绍

甘地，印度伟大的政治家，先后领导了三次大规模非暴力不合作运动，沉重打击了英国的殖民统治，对印度的民族独立和解放事业做出了巨大贡献，被誉为“国父”。

甘地有兄妹六人，他最小。甘地的家庭成员都信仰印度教，世代经商。到了甘地祖父和父亲时开始弃商从政，他们都做过波尔邦达尔土邦的首相。

1887 年甘地通过孟买大学的入学考试，进入设在保讷格尔的萨玛达斯学院。1891 年 7 月，甘地返回印度。当时，意外的痛楚正等待着他。他的母亲在他踏上故土前已与世长辞。还有，他惊异地发现，律师学位并非谋求美差之保证，法律这一行已是人满为患。不仅如此，在一次为被告辩护中，他紧张得说不出一句话，当场出丑，律师职业干不下去了，此后生计日艰。

也许他是命运的宠儿，不久，一个机遇降临了。

当时印度的穆斯林商行在南非有大宗生意，选中了他去南非指导、协助他们的律师处理一宗重要的诉讼案件，酬金颇丰，约需要一年时间，甘地接受了邀请，并于 1893 年 4 月起程去南非德班。南非向甘地提出了他难以想象的机遇和挑战。在南非，白人并不把南非人和印度侨民当人看待，称他们为“苦力”。甘地初到南非，就受到了各种侮辱，这些事情深深地刺痛了他。

自此以后，他开始为捍卫自己作为一个印度人、一名男子汉的尊严而斗争。

甘地自幼没有流露出对政治的兴趣，但是时代却把这个“怯场”的年轻人推向了前台。1894 年 7 月，他一下子成为一名内行的政治斗士，他联合当地印度同胞开展反对当地殖民政府取消印度侨民选举权的斗争。从此，他留在德班从事法律业务并组织印度侨民。1896 年，甘地返回印度接回家眷，准备在南非长期斗争。1899 年，布尔战争爆发，甘地组织了一千多人的救护队帮助英军，赢得了一定的声望。最后，南非政府在英国政府的压力下，接受了一项妥协方案，但甘地的工作并没有为在南非的印度人提供一劳永逸的解决办法。然而，南非把他卷入种族冲突的旋涡却给了他实现理想的环境，使他可以施展自己特殊的才能。

1915 年 1 月，经过二十年的历练，甘地回归故里，带回了看不见然而是永恒的财富。

第一次世界大战后，印度的革命斗争也随之而来；印度殖民政府公布了《罗拉特法》，即对革命者或嫌疑分子可以不公开审讯就逮捕监禁。甘地感到情况严重，立即成立了非暴力抵抗协会，并担任主席，号召全国罢工，全印度人民绝食一天。

词语百宝箱

与世长辞　人满为患　降临　家眷　随之而来

1920 年 9 月 4 日，国大党举行特别会议，批准了甘地的非暴力不合作运动，10 日又通过了甘地起草的新党章。

1924 年 12 月，国大党在贝尔高姆举行年会，甘地当选为国大党主席，从此，甘地长期领导印度国民大会党的工作。不合作运动发展为全国性的抗英运动，从过去的不服从个别法令转为全面的非暴力不合作。

1947 年 8 月，英国分别把权力移交给印度自治领和巴基斯坦自治领。印度国旗在新德里升起，尼赫鲁任第一任总理。

甘地解放“贱民”、主张印度教和伊斯兰教团结合作的行为，招致部分印度教教徒顽固分子的不满。1948 年 1 月 30 日，甘地在做晚祷时，被一个向他鞠躬致敬的青年开枪打死。甘地倒下的瞬间，他还以手加额表示宽恕凶手，并为他祝福。

甘地终年七十九岁，他一生都在为印度独立而英勇战斗，坐过无数次监狱，绝食斗争十八次，最长的一次达二十一天。甘地把自己的一切都献给了祖国和人民，他被印度人民尊称为“圣雄”。

心灵絮语

甘地为印度民族的独立解放事业奉献了一生。他能以革命家的冒险精神反抗英国殖民政府的残酷压迫，无愧于印度“圣雄”之称。

国际主义战士白求恩

人|物|介|绍

白求恩，加拿大共产党员，著名的国际主义战士和胸外科医生。他发明了世界上第一种运输血液的方法，在医学界具有十分重要的意义。

诺尔曼·白求恩，1890年出生于加拿大安大略省格雷文赫斯特镇。1916年毕业于多伦多大学医学院，获学士学位。1935年被选为美国胸外科学会会员、理事。他的胸外科医术在加拿大、英国和美国医学界享有盛名。

白求恩1935年加入加拿大共产党，1936年冬志愿去西班牙参加反法西斯斗争。中国抗日战争爆发后，为了援助中国人民的解放事业，1938年3月，他受加拿大共产党和美国共产党派遣，率领一个由加拿大人和美国人组成的医疗队来到延安。

1938年6月，白求恩在五台县松岩口军区后方医院讲授输血技术。“输血”在当时是一个比较新鲜的技术，在中国的大城市里只有少数几家医院才能开展。在战地医疗条件下输血，是人们连想都不敢想的事情。

白求恩首先详细讲述了采血操作、标准血型制作、血型鉴定、配血试验、储存、运输、保管等基本知识，接着推来一名胸部外伤的患者说：“现在，我来操作，你们谁第一个献血？”

“我来献。”三十二岁的卫生部部长叶青山挽起袖子。

验过血型，白求恩让叶青山和病人头脚相反躺在床上，拿出简易输血器。带着针头的皮管连接在他们靠紧的左右两臂静脉上，皮管中间有一个三通阀门，阀门上连着注射器。白求恩把阀门通向叶部长，抽拉针栓，殷红的鲜血便流入注射器，再转动阀门，血液便流入患者体内。

大家热烈鼓掌，战地输血在我军野战外科史上第一次取得成功。

第二个病人推来了，白求恩主动躺在了他的身旁不容置喙说：“我是O型血，抽我的。”

消息传开，边区的农会、武委会、妇救会纷纷响应，上千人报名献血，很快组成了一支一百五十人的献血预备队。白求恩称之为“群众血库”。

白求恩积极投入组织战地流动医疗队出入火线救死扶伤的工作中，为减少伤员的痛苦和残废，他把手术台设在离火线最近的地方。他提议开办卫生材料厂，解决了药品不足的问题；创办卫生学校，培养了大批医务干部；编写了多种战地医疗教材并亲自讲课。他拒绝了很多特殊的照顾，他的牺牲精神和对工作的热忱、责任心均可称模范。白求恩已年近五十，多次为伤员输血，一次竟连续为一百一十五名伤员做手术，持续时间达六十九个小时。

1939年10月下旬，白求恩在河北省涞源县摩天岭战斗中抢救伤员时左手中指被手术刀割破，但他不顾伤痛，发着高烧，坚持留在前线指导战地救护工作。他说：“你们不要拿我当古董，要拿我当一挺机关枪使用。”终因伤势恶化，转为败血症，医治无效，于11月12日凌晨在河北省唐县黄石口村逝世。临终前他讲的最后一句话是：“努力吧！向着伟大的路，开辟前面的事业！”12月1日，延安各界举行追悼大会，毛主席题了挽词，并

词语百宝箱

援助　殷红
不容置喙　挽词

于12月21日写了《纪念白求恩》一文，高度赞扬了白求恩伟大的国际主义和共产主义精神，毫不利己专门利人、对工作极端负责任和对技术精益求精的精神；称他是一个高尚的人，一个纯粹的人，一个有道德的人，一个脱离了低级趣味的人，一个有益于人民的人，并号召全国人民向他学习。

心灵絮语

白求恩处处为他人服务、为医疗社会化而不懈奋斗的崇高精神以及他在面对死亡威胁时的坚强，都深深地激励着我们。

国际主义战士柯棣华

人物介绍

柯棣华，1910 年出生于印度孟买，国际主义战士，著名医生。柯棣华为抗日战争做出了不可磨灭的贡献，2004 年被民政部列入第一批三百名著名抗日英烈和英雄群体名录。

柯棣华是印度人，却是中国共产党员。在抗日战争的烽火中，柯棣华毅然来到八路军中，把瑰丽年华乃至生命都献给了中华民族的解放事业。柯棣华，原名德瓦卡纳思·桑塔拉姆·柯棣尼斯，1910 年出生于印度孟买省的一个小镇。柯棣是他的姓，到中国后为了表示在这里奋斗的决心，又在姓后面加了一个“华”字。

印度人民的苦难和反抗殖民统治的斗争，使柯棣华自小养成了积极追求真理、勇于反抗不合理压迫的坚强性格。1936 年，他从医学院毕业留校当助教。1937 年，中国抗战的消息传来，印度国大党决定派一支小型医疗队到中国去，表示印度人民对中国人民的同情和支持。此时，正在准备报考英国皇家医学会的柯棣华毅然决定参加医疗队。

1938年9月，柯棣华等五人组成援华医疗队来到中国。起初到国民党军医院中工作并受到款待，但他们却对国民党百般丑化的共产党产生了向往，冲破阻碍于1939年2月抵达延安，随后到八路军总院工作。同年秋，他们提出追随白求恩的足迹去前线。经过一个多月的艰难跋涉，他们到达了晋东南太行山区的八路军总部。

柯棣华在前线的八路军部队中忘我工作的同时也深受环境感染。他曾说："我虽然没有上过抗大，但这一次也算是加入了一所新型的战斗大学了。"1940年3月，柯棣华又进入晋察冀边区，随部队转战数千里，途中亲自参加了一次伏击日寇列车的战斗。在百团大战期间，柯棣华到距火线仅一二里处设立了救护所。1941年1月，他担任了白求恩国际和平医院院长。

当时，面对日寇频繁的"扫荡"，柯棣华和同志们不得不一次次放弃建立起来的医院和学校，背着背包在山林中同敌军游击周旋。当时，他通过认真学习，不但能用汉语对话，还可以阅读中文报刊、杂志，认定中国革命代表了人类追求光明的希望。1941年11月，柯棣华与卫生学校教员郭庆兰结婚。翌年，他们生下一子，军区聂荣臻司令员亲自为其取名为"印华"。通过斗争实践和对革命理论的学习，柯棣华提出入党的请求。在1942年7月7日抗战五周年纪念日，这位印度医生站在党旗下庄严宣誓——"我志愿加入中国共产党"。

词语百宝箱

跋涉　频繁
周旋

1942年夏，柯棣华的癫痫病发作。聂荣臻鉴于敌后医疗条件太差，劝他去延安或回国治病，他却不顾危险留下工作。同年12月，他写讲义时突然发病，不幸逝世，年仅三十二岁。毛主席为柯棣华写了挽词："……全军失一臂助，民族失一友人。柯棣华大夫的国际主义精神，是我们永远不应该忘记的。”

中华人民共和国成立后，柯棣华的墓被迁入华北军区烈士陵园。1976年，河北省石家庄市建立了柯棣华纪念馆。

心灵絮语

柯棣华无私的献身精神和国际主义精神永远激励着后人。

时代见证者麦克阿瑟

人 | 物 | 介 | 绍

麦克阿瑟，美国著名军事家，美国历史上最年轻的陆军参谋长。麦克阿瑟是美国所有将军中唯一参加过第一次世界大战、第二次世界大战和朝鲜战争的人，被称为“一代老兵”。

1880年1月26日，麦克阿瑟出生在阿肯色州小石城的军营里。父亲阿瑟·麦克阿瑟从十七岁步入军界，中间曾复员学习法律，后再次从戎，最后晋升为准将，担任过菲律宾的军事总督；母亲是个有钱人家的小姐，结婚时刚从一所中等专科学校毕业，比丈夫小八岁。她颇有一种贵族小姐的派头，又总是教导自己的儿子成为“伟人”。父母的性格和经历对麦克阿瑟职业的选择产生了深远的影响。

麦克阿瑟从小就喜欢军事，小学毕业后便进入西德克萨斯军校中学，1899年考入西点军校，1903年以9814的总积分毕业于西点军校，据说这是二十五年来西点学员所取得的最好成绩。毕业后，在工程兵部队中任职。

1917年，美国正式参加欧洲战争，陆军部为调赴国外部队问题争执不下。当时任陆军部长牛顿·贝克参谋的麦克阿瑟建议，在编组国民警卫队各师时，将剩余的小单位合并，组建成赴欧参战部队，其成员包罗美国各州，如同天上的彩虹一样。这样，既可以消除各州因未参战而产生的嫉妒心，又可以避免他们害怕到国外送死的抱怨情绪。贝克对这个建议极为赞赏，就把这个师命名为“彩虹师”，并任命麦克阿瑟为师参谋长，后又提升他为准将师长。彩虹师的创建，使得麦克阿瑟脱颖而出。在指挥彩虹师作战中，麦克阿瑟声名鹊起，美国共颁给他十二枚勋章，外国共颁给他十九枚荣誉勋章，以酬其功绩。

西点军校被称为美军将才的摇篮。但 1917 年至 1919 年期间，校风不良。1919 年元旦，一名学生因遭侮辱而饮弹自毙，震惊了美国国会。陆军当局决定整顿西点军校，并任命麦克阿瑟为西点军校校长。

最初，学员对新任校长并不友善。麦克阿瑟到任的第一天，原任副官威廉·盖诺正在缮写辞呈。麦克阿瑟与之热情拥抱，撤掉了案头召唤副官的电铃，又把副官的职称改为主任，还取消了“欢迎新校长”的仪式。麦克阿瑟上任不久，就采取一系列改革措施：第一，给学员学习和自由活动的自主权，允许学员自组会社，开展面向军官的访问活动；第二，引导学员注重时事，每人每天要看两份报纸；第三，实行荣誉制度；第四，开展体育运动，锻炼学员体魄。由于这一连串的改革，学校面貌焕然一新。

麦克阿瑟最注重用爱国主义精神激励官兵。他认为，西点军校培养出来的军官，应该集责任、荣誉、国家于一身。他把这个口号作为校训留给了西点，成了西点军校学生的毕生信念，更成为一代军人的座右铭。麦克阿瑟因此有“西点军校之父”的美誉。

1928 年夏天，麦克阿瑟再次被派往马尼拉，担任驻菲律宾部队司令。时过半年，他收到陆军参谋长萨默罗将军拍来的电报：“总统很想任命你为工程部主任。”麦克阿瑟深知，若接受这一职务，升任参谋长的机会就会变得渺茫；若不接受这一职务，又可能被认为是不忠诚的表现。经过再三考虑，他拒绝了这一职务。1930 年 8 月，他被任命为陆军参谋长。任职期间，经过他机智的斗争和不知疲倦的工作，使陆军免受大幅度的削减；他指挥美军使用坦克和大炮，镇压了进入国会大厦要求补发退休金的失业退伍军人。1934 年届满后，麦克阿瑟便到菲律宾出任军事顾问和菲律宾军队的统帅。

第二次世界大战爆发后，战争气氛也自然传到美国国内。到了 1941 年，德、意、日达成三国公约，形势更加紧张，美日一战已不可避免。罗斯福总统再次任命麦克阿瑟统管远东地区的美国全部陆军和空军。新任参谋长的马歇尔答应：加紧向菲律宾运送武器和给养，再加派三百四十架轰炸机和一百三十九架战斗机。

麦克阿瑟走马上任不到五个月，发生了日本海军偷袭珍珠港的事件。身在马尼拉饭店豪华卧室的麦克阿瑟被突如其来的报告惊得目瞪口呆，手足无措。此后，麦克阿瑟凭他的勇气和才能，奔波于澳大利亚、菲律宾和华盛顿之间，为美国恢复元气做了不懈的努力。不久，太平洋地区的联军统一编制，麦克阿瑟被任命为西南太平洋地区的总司令，统帅这一地区的三军部队。在西南太平洋地区那个不景气的司令部里，麦克阿瑟得到了一件“秘密武器”：卡斯特密码破译分队。它源源不断地破译了日本外交电文和海上情报，麦克阿瑟就是靠这些情报，赢得了珊瑚海之战和中途岛之战的胜利。

可是麦克阿瑟将军好大喜功、爱出风头。1944 年 10 月，美军经过血战从日本人手中夺回了菲律宾，将在澳洲四年的太平洋战区司令部迁回该群岛。10 月 20 日，在菲律宾雷特岛的海滩上，站满了翘首南望的人。接近中午，麦克阿瑟的专机终于飞出海际，人们焦灼的心情顿时烟消云散。眼见飞机越来越近，几分钟后，机身符号已清晰可辨。激动的人们张大了嘴巴刚要欢呼，飞机却在半空中一顿，竟落在离岸近百米的

词语百宝箱

声名鹊起　摇篮　渺茫
突如其来　翘首

海面上。岸上的人们惊呆了，僵住了大张的嘴巴，目光里满是无助和绝望，仿佛一幕古希腊悲剧即将重演。突然，舱门开启，一个熟悉的身躯露了出来。嘴上悠然地衔着那著名的玉米秆烟头，肩上的五颗将星熠熠生辉，这位将军在广袤海面的映衬下，显得越发自信和神秘。似乎无视足下海水，麦克阿瑟徐徐走下舷梯，等他站定后，海水已没过腰际。接着，他嘴角嚅动了几下，本来微笑的表情忽然沉了下来，露在水面的上身开始雕塑般地移向海岸。脚一踏岸，便振臂高呼："胜利的彼岸，我们到了！"人们如梦初醒，欢声雷动。这就是麦克阿瑟煞费心机的杰作：把飞机降在膝深的海面，然后涉水登岸，以此象征在他的率领下，美军已从海上保卫战转为向日本本土的进攻战。

词语百宝箱

熠熠生辉　如梦初醒

1948 年，美国总统竞选时，麦克阿瑟由于对华盛顿"一伙人"的不满，又相信了一部分不明智的人的劝告，公开宣称希望提名自己为共和党的候选人。结果第一轮投票获得十一票，第二轮只获得七票，第三轮几乎是零票。这对麦克阿瑟来说是一个沉重的打击，但他还是甘心为美国统治集团卖力。1950 年朝鲜战争爆发，他充任了联合国军总司令，指派参谋长阿尔蒙德率七万人的兵力在仁川登陆，一直把战火烧到中国边境。最后被中朝军民打得落花流水，才不得不停战。麦克阿瑟因指挥朝鲜战争失利而被解除军职，从此结束了他的戎马生涯。1964 年，八十四岁高龄的麦克阿瑟病逝于美国。

心灵絮语

麦克阿瑟的一生充满了传奇色彩。他骁勇善战，计划周密，战略诡秘，为取得反法西斯战争的伟大胜利做出过杰出的贡献，也为美国历史背负了一个失败的十字架。

轮椅上的总统

人 | 物 | 介 | 绍

罗斯福，美国第三十二任总统，也是美国历史上任期最长的总统。他带领美国走出了经济困境，并改变了美国人的生活方式；在第二次世界大战期间，他领导美国和世界反法西斯同盟为反法西斯战争的胜利做出了巨大贡献。

富兰克林·德兰诺·罗斯福是独生子，从小父母就对他进行贵族式的教育，告诉他，他是上流社会的子弟。当时从海德公园住宅三楼儿童室的窗户向外面眺望，凡能看到河的这边的大片土地都是罗斯福一家的财产。父亲从小就教导他，美好的东西必须经过个人的努力才能得到，人们应当为了得到美好的东西而不断努力。经过母亲实施的启蒙教育后，罗斯福随家庭教师开始学习拉丁语、法语、德语、书法、算术和欧洲历史。

詹姆斯·罗斯福常带上儿子到外地出差，坐在平稳、温暖的火车包厢里，火车向前的隆隆声和父亲在一边的高谈阔论给罗斯福留下了深刻的印象。在这以后，乘坐时速不超过五十公里的火车旅行就成为这位美国总统最喜欢的休息方式之一。

父亲是一名典型的绅士，脸上总是带着微笑，他举止文雅，说话带着男性特有的磁性，身边总是带着五百美元的现金。而母亲对这个儿子也是疼爱异常，她有记日记的习惯，常常把儿子的一举一动记录下来，在儿子长大以后，更是把儿子的许多东西收藏起来，这些都成了珍贵的文物。

罗斯福七岁的时候，开始接受严格的家庭教育，父母为他制定了严格的作息时间：早晨七点起床，八点早餐，上午上课三小时，从十二点到一点休息，一点午餐，然后继续学习到下午四点。这样严格的时间制度甚至使得他的第一位家庭教师后来住进了精神病医院。

少年时代的罗斯福聪明顽皮，他不喜欢母亲为自己安排的绘画和钢琴课，反而十分喜欢读书，尤其偏好海洋方面的书籍，他的记忆力惊人，能够很快把看过的书一字不漏地背诵下来，这使得他的朋友惊奇不已。

尽管这样，罗斯福并没有想到将来会成为美国总统。有一次父亲带着五岁的他到白宫拜见克里富兰总统。总统显得疲惫不堪，他把手放在孩子头上说：“我的小伙子，我对你有一个奇怪的祝愿，祝你永远不要当上美国总统。”可是后来证明这个祝愿反而像是一种预言。

1910 年，罗斯福初入政界，以民主党候选人身份当选为纽约州参议员。在纽约州参议员任内，初出茅庐的罗斯福以其不凡的政治手段及组织才干开始引起美国民主党人的注意。

在总统选举中，罗斯福击败当时的美国总统胡佛，首次入主白宫。

罗斯福上台后，立即着手准备进行振兴和改革经济的计划。他起用一批具有自由主义倾向的律师、各类专家和学者组成“智囊团”，充任自己的顾问，并把一大批有志于改革的人士安置在政府各个部门中。这些人就是后来所谓的“新政派”。

第二次的总统选举实际上成了一次对新政的检验。大企业家、大银行家与保守派一起，对新政进行了全面

词语百宝箱

眺望　高谈阔论
举止文雅　作息
振兴

的攻击。经过一番激烈的较量，罗斯福在广大劳工、妇女、黑人以及其他各阶层群众的支持下，不仅没有下台，反而以美国历史上总统选举中获得的最多票数连任。

1937 年，美国再次爆发经济危机，这场危机促使企业和政府更加认清了合作的必要性。通过新政，美国的垄断资产阶级和国家在经济上结成了一种稳固而紧密的关系，从而完成了美国经济制度从一般垄断资本主义到国家垄断资本主义的转变。

1940 年 11 月，罗斯福以压倒性票数第三次当选为美国总统。鉴于孤立主义势力此时在美国已陷于真正的孤立境地，这年年底，罗斯福在一次炉边谈话中公开提出，“美国必须成为民主国家的伟大兵工厂”。这次谈话所阐述的政策获得了美国广大人民的积极支持。

1944 年，罗斯福在反法西斯战争即将胜利的形势下，第四次挫败共和党人，当选为美国总统。这在美国历史上至今仍是绝无仅有的事情。

1945 年 4 月 12 日，就在反法西斯战争胜利前夕，罗斯福在佐治亚州温泉因脑溢血逝世，享年六十三岁，遗体安葬在纽约海德公园。

心灵絮语

虽然罗斯福身患小儿麻痹症，但他能克服困难，挽救美国经济危机，促进世界和平。一个人的伟大，绝不在于他的身份有多高贵，而在于他为世人做了些什么，为后代子孙创造了多少幸福。

艾森豪威尔的事迹

人｜物｜介｜绍

艾森豪威尔，美国第三十四任总统，第二次世界大战时期欧洲盟军最高统帅，领导开辟了欧洲第二战场，对在“二战”期间战胜纳粹德国功不可没。

艾森豪威尔生于1890年10月14日，小名艾克。小时候，他顽皮、好斗，不用功读书，衣着邋遢，但他对同学们的讥笑毫不在乎。在各门功课中，英语不错，历史最好。他长于记忆年代日期，对名人轶事尤感兴趣。同学们都以为他将来可能成为一名历史教师，谁也没有想到他会成为一位总统。

1915年从西点军校毕业时，艾森豪威尔已年满二十五岁，是班上年龄最大的学生。毕业后被分配到德克萨斯州圣安东尼的第十九步兵师工作，充任少尉军衔。

第二次世界大战中，欧洲是美国的主要战场。1942年5月，马歇尔派他到英国担任欧洲战区美军总司令，晋升为中将。同年7月，盟军决定进攻北非，以肃清德国在非洲的兵团，艾森豪威尔任北非盟军统帅，并升为上将。1943年3月，他与英军一起突破了德、意军队在北非的防线，名噪一时的德国非洲兵团彻底崩溃。

1943年7月，艾森豪威尔指挥盟军进攻西西里取得成功。意大利独裁者墨索里尼被迫下台，意军投降。1944 年 2 月，罗斯福总统正式任命艾森豪威尔为盟军最高统帅，指挥美、英、法、比等国的百万联军。6 月，经过长期酝酿的进攻欧洲大陆的计划成熟，登陆地点定在法国的诺曼底。诺曼底登陆是西方战史上最成功的一次联合军事行动，登陆的成功使艾森豪威尔声名大震。这一年 12 月，他晋升为五星上将。

艾森豪威尔将军能领导百万雄师，并且纪律严明，士气旺盛，主要是因为他有着十分突出的领导统驭能力。有一次他向众人说明他的领导秘诀在于“以身作则”，他找了一条绳子，并用他的手推这条绳子，绳子不动，不过他改用拉，整条绳子都动了起来。他说：“领导统驭就要像这样，不能用推，以身作则，自然就能拉起整条绳子！”

词语百宝箱

邋遢　肃清
名噪一时
以身作则

随着大选的来临，两党的竞争逐渐进入高潮。因为艾森豪威尔不属于任何党派，成为两党争取的对象。艾森豪威尔感到时机已经成熟。1951 年 5 月，他再次卸去军职，回国参加总统竞选活动。在激烈的竞选活动中，艾森豪威尔的支持者利用老百姓崇拜“英雄”的心理，大力宣传他在第二次世界大战中的“丰功伟绩”。他向选民许下的停止朝鲜战争的诺言也对选民产生了很大的影响。他在大选中获胜，结束了民主党执政二十年的局面。1956 年，他连选连任，前后主持白宫达八年之久。

1969 年 3 月 28 日，七十八岁的艾森豪威尔心脏病再度发作，经抢救无效逝世。

艾森豪威尔在“二战”期间，作为盟军总司令，成功地组织了欧洲对德的战争。在他担任总统期间，结束了朝鲜战争。但与此同时，他也加强了对外扩张。从个人角度看，艾森豪威尔可以称得上是一位实现了美国个人奋斗梦的总统。

心灵絮语

艾森豪威尔为何能从一个默默无闻的小人物成为美国总统？因为他有一颗向往胜利的心，一颗挑战困难的心。

铁汉丘吉尔

人|物|介|绍

丘吉尔，英国著名政治家、演说家，“雅尔塔会议三巨头”之一。他两度出任英国首相，在第二次世界大战期间领导英国人民赢得了战争胜利，被认为是 20 世纪最重要的政治领袖之一。

第二次世界大战开战不久，在英军从挪威溃败下来的千钧一发之际，英国中流换马，撤掉软骨头的张伯伦，让铮铮铁汉丘吉尔挑起大梁，这确实是扭转战局关键的一步棋。

当时日本横滨银行驻伦敦分行的经理加纳子爵预言，不出三个月，英国就将挂白旗向纳粹屈膝投降。

美国驻英大使肯尼迪也公然发表谈话，说民主主义在英国已寿终正寝，纳粹接管只是时间问题。英国的败北主义者也不断造谣惑众，说圣诞节就将停火。但是丘吉尔上台后，用一个大大的“不”字，粉碎了一切和平幻想。

犹如罗斯福总统每星期五对美国广播听众的《炉边恳谈》一样，那时，丘吉尔也于每星期一晚七点，通过电台对广大群众发表亲切的讲话。

他曾用发颤的语音对英国公众说：“我能奉献给你们的，只是热血、汗水和眼泪。”略顿片刻，又带着蔑视和坚定的自信补上一句，“我们正等待着德国人过来呢——连海里的鱼也在等着。”

丘吉尔以破釜沉舟的果断毅力，凭他那“宁为玉碎，不为瓦全”的浩然之气、发自肺腑的感人誓言，再加上那把食指和中指叉成V字形（表示胜利）的手势，将四千余万英国人动员起来，扭转了乾坤。人们不曾忘记战时丘吉尔许许多多博得喝彩的演讲。

词语百宝箱

铮铮铁汉　寿终正寝
造谣惑众　发自肺腑

当天空布满乌云时，他说：“有人问我们的目的何在，我们的目的就是胜利。不顾恐怖地求得胜利。不怕路途遥远和艰难，必须争取胜利，因为不胜利就没有生存。”

1940年6月22日法国向德国投降那天，他说：“我们不能松懈，不能失败。我们要抗战到底。我们要在海洋上作战，不顾一切牺牲，保卫我们的国土，永不屈服。”

大反攻得手后，他又说：“走向胜利的道路也许不像我们想象的那么遥远了。但是，我们无权这么想，不管远近，不问难易，我们都要走到道路的尽头。”

1944年6月，联军从诺曼底大举反攻，从腹背夹攻纳粹歹徒，最终直捣柏林。

然而在1945年7月的英国大选中，丘吉尔落选了。但是，在世界人民的心中，丘吉尔仍然是一位英雄。

心灵絮语

英雄并不是无往不利、不可战胜的，而是能够在关键的时候，采取正确的行动，表现出自己勇敢、果决的一面，为社会做出应有的贡献。

法国总统戴高乐

人物介绍

戴高乐，法国著名军事家、政治家、外交家。戴高乐在第二次世界大战期间领导法国人民抗击纳粹德国，战后成立法兰西第五共和国，并担任首任总统。

夏尔·戴高乐于1890年11月22日出生于法国里尔一个世代殷实、笃信天主教的下层贵族家庭。他从小就有着强烈的爱国心，即使与兄弟玩骑马打仗的游戏，他都要他的兄弟代表敌方或者盟国，他则一定要代表法国。

1910年，二十岁的戴高乐正式进入圣西尔军校。正是在军校的生活，他开始自觉地锤炼他未来所需要的品质，他在自己的练习本上摘录了雨果的一段话“风格高洁，思想精确，遇事果断”作为座右铭。

在圣西尔军校，他颇为引人注目，他的身材高得出奇，又有着良好的记忆力和健全的性格。

当他从圣西尔毕业时，一个教官曾评论他“除了身材以外，余皆平平”，这似乎意味着他是个“四肢发达，头脑简单”的人。

1922年11月，戴高乐考入军事学院深造，这时，他早已把做军事首领和历史学者作为自己的两个奋斗目标。

1925 年 10 月，担任法军总监的贝当委任戴高乐担任他的幕僚，虽然这是个闲差使，但使戴高乐得以接近最高军事决策机构。这之后的戴高乐似乎平步青云，官运亨通，他先后被提升为少校、精锐部队步兵营营长、最高国防委员会秘书处秘书。

1940 年，由于英法的纵容、妥协，德军以闪电战侵入荷兰、比利时和卢森堡等小国，并绕过法军固若金汤的马其诺防线，攻占了法国大片领土。6 月 14 日，巴黎陷落。6 月 17 日，由贝当组建的法国新政府向德国乞降。就在贝当宣布投降的当天下午，满怀爱国热情的国防和陆军部次长戴高乐逐渐下定决心：脱离这个失败的政府。于是他携妻子、儿女飞往伦敦。从此，与曾是自己恩师的贝当分道扬镳，他要以自己微弱的声音代表法国宣布对德国的战斗。

词语百宝箱

殷实　锤炼
引人注目
分道扬镳

6 月 18 日，刚到伦敦的戴高乐到英国广播公司播音室向祖国发出了著名的抗战号召：“……无论发生什么事，法国抵抗的火焰不能熄灭，也决不会熄灭。”在历史上，这次讲话被称为“6・18 讲话”。

那是一个历史性的时刻，但是当时的人们并没有意识到这一点。号召发出后，不少法国的官兵都前来投靠戴高乐，很快，戴高乐便组建了一支有七千多人的部队。1943 年，戴高乐任法兰西民族解放委员会主席。

根据英、美盟国的协议，“自由法国”部队的四个师组成法国远征军，参加在意大利的战斗。1944 年 6 月，戴高乐担任法兰西共和国临时政府主席。

7 月，欧洲开辟第二战场，法国坦克师与英美盟军一起在诺曼底登陆，戴高乐要求让“战斗法国”的第二装甲师参加解放巴黎的战斗。8 月 25 日，第二装甲师举行了盛大的入城仪式，巴黎终于回到了祖国的怀抱。戴高乐进入巴黎后，受到了成千上万法国人民的热烈欢迎。

1970 年 11 月 9 日，戴高乐突发心脏病去世。

他是一位力挽狂澜的传奇英雄，一位反法西斯侵略和维护法兰西民族独立的不屈战士，是法国“二战”前后的国家元首。正是他领导战后的法国逐步跻身于世界强国之列。他那无畏无惧、坚强不屈的奋发精神，受到法国乃至世界人民的称颂。

心灵絮语

自信的态度，成就自信的人生，我们虽然无法如戴高乐总统那样有成就，但是我们可以像他一样自信，在面对人生的挑战时，用自信的人生态度去克服困难。

蒙哥马利临危不乱

人|物|介|绍

蒙哥马利，英国著名军事家，第二次世界大战中盟军杰出的指挥官之一，英国历史上服役最久的将领。

1940 年 5 月，希特勒组织强大的兵力对西欧发动全面“闪击战”。德军的机械化部队锋芒锐利，迅速突破法军防线，不到半个月便占领了大半个法国，并于 5 月 24 日将几十万英法军队包围在敦刻尔克一带。

为了抢救英军，保存实力以备将来反攻，英国从 25 日开始实行了全面撤退的“发动机计划”。他们出动几百艘船艇，包括军舰、商船、渔船甚至私人游艇，一齐奔驶敦刻尔克。但由于战场形势混乱，渡海行动受到不少影响。这时，刚晋升为少将的蒙哥马利正指挥英军第三师在鲁贝突围。他命令全师六百辆军车都在后栏板下装个隐藏的小灯，靠着这一点儿灯光的指引，顺利完成了夜间转移，于 29 日进入敦刻尔克桥头堡阵地。鉴于他的成功突围，蒙哥马利被提升为第二军军长。指挥部部署了渡海计划，由第二军先撤，巴克的第一军殿后，并授权巴克在万不得已时可向敌人投降。蒙哥马利接受了作战部署，但他极力反对投降，力主全部军队都应突围。他认为，作为殿后部队的指挥官，巴克缺乏镇静而清醒的头脑，应由第一师师长亚历山大接替。

蒙哥马利的建议被采纳以后，他与亚历山大协调步骤，一致行动，最大限度地稳住战场的混乱，在乱中求稳、稳中求快，以迅捷的动作让部队在预期时间内顺利渡过了英吉利海峡。英国政府原来只是指望撤退四万五千人。但到6月4日“发动机计划”结束时，英军竟然全部撤出，总共二十二万四千人。另有法军和其他同盟军十一万四千人。这一成功的大撤退被称为“敦刻尔克奇迹”。虽然生性多疑的希特勒在战略上的严重错误是使英军得以死里逃生的重要原因，但蒙哥马利临危不乱，沉着指挥并全力突围也是不可忽视的因素。

词语百宝箱

殿后　死里逃生
不可忽视

心灵絮语

大凡战场上敌强我弱，己方处于劣势时，很容易出现兵败如山倒的溃乱局面，或手足无措、束手待擒，或慌不择路、争先逃命。在这种形势下，指挥官保持沉着、冷静、临危不乱是最重要的。

密特朗死里逃生

人物介绍

密特朗，法国第一个社会党人总统。他任职以后妥当处理了苏联解体带来的欧洲震荡，加速了“欧洲共同体”的统一。

法国总统密特朗在第二次世界大战时是抵抗运动的一位领导人，他化名“莫尔朗”，常能奇迹般地越过陷阱，在敌人的眼皮底下完成任务。

1942 年冬天，密特朗打算越过分界线去办件事，按照习惯，一路上他用假身份证，闯过了不少关卡。但是到了穆兰的马德伦车站时，他遇上了大搜查，站在车站检票处的警察仔细地查看他的身份证，并不断地翻阅名册。名册上登记的都是南北两个占领区想冒险越境的危险分子名单。如果对上号，就会被当场逮捕。密特朗身临险境，神色泰然，警惕地注视着警察。突然，密特朗在名册上看到了自己的照片，在这千钧一发之际，他镇定自若地观察对方的神态，发现对方并未识破。于是装作若无其事的样子，毕恭毕敬地站在一旁等待。最后，警察对他说：“你可以过去了。”

词语百宝箱

泰然　千钧一发　镇定自若
若无其事　毕恭毕敬

几个月后，在蒙帕纳斯车站他又一次遇险。密特朗从昂热上了火车，到了蒙帕纳斯车站后，刚下火车就被扣留了。经济监督官对他说，要进行经济检查，领他到检查处，命令他打开旅行包。在密特朗不慌不忙地打开旅行包之后，经济监督官就动手翻起来。他见包里装着一件雨衣，再往下翻，一支左轮手枪露了出来，再下面还有一小瓶酒精和装着一些氰化物的小匣子。一切都暴露了，怎么办？必须当机立断。密特朗很镇静、沉着，决定在迫不得已的时候再动武。监督官查完后，并无意逮捕他，反而轻声地对他说："你可以出去了，我只管查走私犯。"就这样，密特朗又闯过了一道险关。

心灵絮语

密特朗之所以能化险为夷，靠的是镇静和沉着。从表面上看，密特朗什么也没做，但长期的实践活动帮他磨炼出的最佳心理品质已经在起作用了。

南非民主斗士曼德拉

人物介绍

曼德拉，南非历史上第一位黑人总统，被尊称为“南非国父”“全球总统”。曼德拉任职期间废除了南非种族歧视制度，被诺贝尔和平委员会授予1993年诺贝尔和平奖。

2003年7月18日，是一个铭刻在南非人和其他国家许多人心中的日子。这一天是卸任四年的南非前总统纳尔逊·曼德拉八十五岁的生日。为此，许多国际性的媒体都刊出了“老爹，生日快乐！”的亲切字样，来表达对这位老人的敬意，从而也可以看出南非人民对曼德拉的尊敬和爱戴。

7月19日晚，在约翰内斯堡的桑德顿会议中心举行了一场盛大的晚宴，来自世界各地的一千六百名各界名流同聚一堂，其中包括美国前总统克林顿、荷兰女王，还有各国皇室、政府要员、外交官、国际文化名流和娱乐界的明星，甚至曼德拉的前政敌也来到了会场。世界各地的人们还为这次生日专门开通了网站留言，表达对曼德拉的美好祝愿。整个庆祝活动持续了三天可以说，曼德拉八十五岁的生日，已经成为一个特殊的国际盛会。

曼德拉1918年出生于南非特兰斯凯当地一位酋长的家庭。十二岁时，父亲病故，把他托付给另一个酋长监护，希望曼德拉能够继承父志。幼年的曼德拉过着传统的部族生活，经常参加田间劳动。在夜幕降临的时候，他就跟部族的人围坐在火堆边，聆听部族的老人为他们讲解非洲古老的传奇故事。他从那些老人那里知道古老的非洲一直是一个和平、宁静的社会，可是白人来了之后，非洲的一切都发生了改变，白人对非洲的掠夺使非洲变成了贫瘠的土地，他十分景仰那些为自由而斗争的英雄。从那时起，曼德拉的心中就立下了为黑人争取自由民主的宏愿。

曼德拉中学毕业后，进入黑尔堡大学学习文科，在那里他初步经历了黑人民族主义思潮的洗礼，并结识了许多有志青年。他在上大学三年级时，因为参加学生运动被校方开除，大酋长要求曼德拉屈服校方的条件不再参加学生运动，可是这样的运动就是曼德拉的生命，他毅然拒绝了校方的条件。回到了家乡，大酋长于是又准备给他安排婚事，可是曼德拉毅然决定放弃继承酋长的机会，来到了约翰内斯堡。在那里他目睹了非洲黑人因为种族歧视所遭受的压迫和苦难，这更坚定了他反抗种族歧视的决心。

1948 年，曼德拉当选全国青年联盟书记。

“二战”以后，白人右翼势力上台，变本加厉地推行种族隔离制度，这时曼德拉被选入南非非洲人国民大会（简称非国大）的领导集团，任全国执行委员。1952 年他组织了“藐视不公正法运动”，白人政府对这次运动进行了疯狂的镇压，他同许多非国大的领导人一起被政府软禁起来。

1960 年，南非警察开枪镇压示威群众，不久又下令取缔了非国大。非国大开始转入秘密活动，为应对形势的变化，曼德拉着手建立了被称为“民族之矛”的军事组织，并亲自担任总司令。为了掌握武装斗争的策略，曼德拉在这一时期阅读了克劳塞维茨、毛泽东和格瓦拉等人的著作，为了争取国际社会对非国大的支持，曼德拉还多次秘密出国访问，会见了许多非洲国家领导人。

1962年，曼德拉由于被叛徒出卖被捕，从当年8月到1964年4月这段时期，这位勇敢斗争的勇士，在法庭上与白人法官展开了针锋相对、令人折服的辩论战。当时，全世界都在关注着对曼德拉的审判，他将审讯法庭变成了揭露种族隔离制度罪恶和唤醒广大民众的讲坛。他在长达四个小时的辩论之后说：“我已把我的一生奉献给了非洲人民的这一斗争，我为反对白人种族统治进行斗争，我也为反对黑人专制而斗争。我怀有一个建立民主和自由社会的美好理想，在这样的社会里，所有人都和睦相处，有平等的机会。我希望为这一理想而活着，并去实现它。但如果需要的话，我也准备为它献出生命。”发言结束，法庭上出现了比报以雷鸣般掌声更震撼人心的三十秒的庄严、肃穆的沉默，只有妇女们的抽泣声回响在法庭上。

在此之后，一直到1990年2月重新获得释放，曼德拉在离开普敦海岸七英里的罗宾岛度过了他长达二十八年的囚徒生涯。关押曼德拉的牢房是一个不到四平方米的用水泥建造的单间。只有一块毛毡供曼德拉在冰冷的水泥地上睡觉时使用。小岛周围环绕着很多深不可测的暗流漩涡，犯人想逃走比登天还难，很难想象曼德拉那高大的身躯是怎样在刺骨的海风中蜷缩着度过自己二十八年的囚禁生涯的。但二十八年的铁窗生涯并没有磨灭他的意志和决心，南非白人政府曾数次以“放弃暴力”和“被流放”为条件，准备将其释放，可是都被他断然拒绝。他说：“我没有罪，释放必须是无条件释放！”

词语百宝箱

爱戴　贫瘠
取缔　揭露
深不可测　蜷缩

曼德拉的伟大人格和坚强意志甚至感动了白人看守，他出狱后，与原来的白人看守成了好朋友。他成为国家主席后，继续领导反对种族隔离制度的斗争。他率领代表团与总统德克勒克为首的白人政府代表团进行谈判，经过不懈努力，最终促使政府逐步放宽种族隔离，并同意组织南非第一次真正意义上的全民选举。

为了消除世间最不人道、根植于南非的种族隔离制和歧视制度，曼德拉领导南非人民经过了几十年艰苦卓绝的斗争。其间，他被妄加以非法组织罪、叛国罪被判为终身监禁，为此，他成为世界上被囚禁时间最长、最著名的英勇不屈的政治犯。在经过二十八年非人待遇的牢狱生涯后，他被拥戴为这个重生国家的首位黑人领袖。

“任何企图夺走我尊严的人或命令，终将失败。”他的这句话让人印象最为深刻。

心灵絮语

曼德拉是当代世界有重要影响力的人物，他对南非人民做出了巨大的贡献，改变了南非，使南非进入了一个新的历史时期。

勃兰特下跪华沙

人 | 物 | 介 | 绍

勃兰特，德国最杰出的总理之一，著名的“和平使者”，因“华沙之跪”引起全球瞩目，成为 1971 年诺贝尔和平奖的获得者。

1970 年 12 月 7 日，联邦德国总理勃兰特在波兰首都华沙，于众目睽睽之下，扑通一声下跪，全世界为之哗然。

作为政府首脑的勃兰特为什么下跪呢？是他本人罪孽深重，以下跪来减轻良心上的重负吗？

不！第二次世界大战中，勃兰特是名坚强的反纳粹的斗士，被希特勒下令开除了国籍，并到处追捕他，他被迫逃往挪威。战后返回祖国，作为社会民主党的活动家积极复兴国家。1969 年 10 月，勃兰特以社民党主席的身份当选为联邦德国总理。

勃兰特上台伊始，便着手改善与苏联及东欧各国的关系。1970 年 12 月 6 日下午，勃兰特飞往华沙，受到官方的正式欢迎。然而，在演奏德国国歌时，波兰人的脸上都流露出强烈愤激的表情，因为他们当中很多人曾长期是希特勒集中营的囚徒。

第二次世界大战中，波兰六百万人民牺牲，损失惨重，仅设在波兰的奥斯威辛集中营，就杀害了近四百万犹太人，这其中包括许多儿童。

第二天上午的日程安排是向华沙无名烈士墓和华沙犹太人街区殉难者纪念碑献花圈。当代表团来到犹太人街区殉难者纪念碑前时，出乎所有人的意料，在电视摄像机前和无数记者的闪光灯下，勃兰特扑通一声跪下了。在场的人大为震惊，东道国代表团瞠目结舌，不知所措。这个举动绝不在计划日程之内，勃兰特事先未同任何人商量，就跪下了。

当天，东西方都掀起了轩然大波，评论四起。

联邦德国国内也出现了恶意的评论，认为勃兰特此举有辱国格、人格。勃兰特很坦然，他并不感到羞耻。他认为："谁愿意理解我，他就能理解我，在德国和世界其他地方，很多人是会理解我的。"一位记者深情地写道："于是，不必这样做的他，替所有必须这样做而没有下跪的人下跪了。"

词语百宝箱

众目睽睽　罪孽深重
瞠目结舌　轩然大波

当时，波兰东道主们感到极大的震动和惊讶，许多波兰人也因勃兰特的这一举动而感动得落泪。勃兰特圆满地完成了他的使命，回国了。

1992 年 10 月，勃兰特因患癌症以七十八岁的高龄逝世。

心灵絮语

对于那些惨痛的历史，我们不仅要勇于面对、铭记于心，还应该懂得反思，不让历史重演。